故事就要開始了

洪佳如　著

目次 CONTENTS

第一章　小寒

月眉書局坐落於離月眉國小不遠處的轉角處，孩子放學之後，總喜歡來這裡東看看、西摸摸。在這裡，大孩子們會主動告訴年紀小的弟弟、妹妹們，對待書本要溫柔，因此，店內雖吵雜但不失秩序，聲音裡頭有著輕快的節奏。

書局外是一片紅磚牆，黃金葛攀附著紅磚頭，盛開的澄黃雞蛋花和瑰紅的九重葛美麗的身影，雙雙映在書局的玻璃窗上，窗裡有著書局主人精心布置的主題書展，每個月老闆都會更替一次，只要你將鼻子貼在玻璃窗上用心觀察，就能看見四季的更迭變化。

介紹完月眉書局的外觀，接下來，就要說說「月眉」二字的由來，這個名字的緣由如此單純且平易近人，這是因為村子裡，那道彎彎的潭子而得名，因那一道像是彎彎眉毛的潭水，使得小村有了這個名字，書局也是，一切都是如此理所當然。

潭水外緣的步道，是孩子們每天上學的路徑，孩子們只要耐心沿著潭邊的紅磚步道走，就能順利抵達月眉國小。每到夏日來臨之際，步道一旁的鳳凰花，便會了壓低身子，將火紅的祝福，隨著微風，獻給每位畢業生，孩子們日日上學，每天滿心期待著那一天的到來。

月眉書局就在步道的尾端，緊鄰在月眉國小一旁，這是一間老老且無比可靠的書局。如果你是上在美術課的那一天早上，忽然發現，自己忘記帶圖畫紙、色紙、膠水出門，不要緊，只要記得在上學途中，拐個彎，就能在月眉書局裡買齊所有的用具，對就讀月眉國小的孩子而言，這裡，就是這樣令人安心的所在。

只不過，想要真正瞭解一個人，就先得從敞開心、仔細聽開始，同樣的，想要真正認識一間書局，就得先瞭解背後支撐著這間店的店主人。究竟是什麼樣的動力，讓老闆願意每日每夜開門、關門、開燈、關燈，守著村子裡唯一一間的書局呢？

故事，讓我們先從從小跟著月眉書局一起長大的歆歆開始說起，歆歆是月眉書局老闆的女兒，月眉書局後頭就是她的家！自從她出生以來，歆歆就在自家書局幫忙。她從小懂事的養成一個打掃的習慣，那就是每天拉開鐵門的第一件事，俐落的拿著掃把，將地上的塵土集中後，從「外面」的大門口，掃進店裡面來，再一起掃進畚斗裡。

當班上同學們第一次看到她奇妙的掃地方式，朝著她大喊：「歆歆！妳怎麼把走廊上的垃圾都掃進教室來啦！」

「咦？這是阿媽教我的方法耶！我做錯了嗎？」聽到同學們哇哇啦

的反應，歆歆困惑的歪著頭。

原來，這是阿媽教會歆歆的古老傳統，象徵著把財運「掃進來」的儀式，這個特別的清潔習慣，就這樣，一起跟著她上小學，成為同學們記得歆歆的第二個特別的記憶點。

那麼，大家記得歆歆的第一個記憶點會是什麼呢？當然就是月眉書局囉！班上的同學們，大夥兒都來自於同一個村子，從小讀同一間幼兒園，一起上同一間小學，大家一起學習、成長，對這群孩子來說，歆歆一家人可是村子裡的明星全家福呢！

為什麼會這麼說？這是因為，歆歆的媽媽是鎮上的圖書館員，爸爸是月眉書局的老闆，歆歆阿媽則是上一代書局的女主人，可以說，班上每一個人，都認得她的家人！不對，要這麼說才準確，全村子，沒有一個人不認得他們一家人！歆歆一家，在月眉村就是這麼無人不知無人不曉。

歆歆從國小低年級升上中年級以後，在爸爸、媽媽的鼓勵之下，下課後的她，開始到書局裡幫忙、打工，長大一點後，她開始負責維持書局內外的整潔和簡單的收銀，這是歆歆自己想出來的工作內容喔，因為她想要為自己爭取賺零用錢的機會！

「我想要幫忙顧店，爸爸可以請我當員工。」那天歆歆下定決心對爸爸開口，於是，她成為了月眉書局第一位正式聘用的員工。

可是，每當歆歆用雞毛撢子整理書架，那揚起的灰塵粒子，總會惹得容易過敏的她，噴嚏打連連，衛生紙小籠包包都包不完。可是呀，即使身體會不太舒服，但歆歆就是喜歡歪著頭，看著小小的灰塵，在空中輕輕飄浮的樣子。

對她來說，當灰塵，透著光線在空氣中跳舞的時候，看在歆歆眼裡，整間書局，就好像一座漂亮的玻璃球雪，一年四季都下著白雪，好美麗。

◐第二章　大寒

「歆歆，妳一定有看不完的書，用不完的文具和拆不完的玩具，好好喔！」

每當聽到同學羨慕的話語，這時候，歆歆就會吐著舌頭回答：「才不是呢，書局每天都好忙，忙到沒時間玩！」

「是嗎……」同學們都很懷疑，因為每次去月眉書局，老闆本人每天看起來都很閒啊？老闆總是坐在電腦桌前，瞇著眼睛對著螢幕敲敲打打，放任大家在店裡胡亂晃晃啊，不是嗎？

歆歆感到很訝異，原來很多同學都不清楚，書局的工作到底有哪些。所謂的「工作」也不僅於於在書局裡顧店，比起在店裡顧店，爸爸的工作還有一部分是在外面載貨奔波，假日的時候，她和爸爸兩人更常開貨車往工廠去，讓年邁的阿媽幫忙顧店。

她最喜歡坐在副駕駛座，看著爸爸熟練的將藍白貨車，緩緩駛進工業區裡，拜訪一家又一家的公司與工廠，接著，爸爸會從貨車裡拿出一整盒嶄新的原子筆和筆記本，送進每一間辦公室，為大家補齊文具，平常日子，爸爸也會開進學校裡，為學校補充各式各樣的文具用品。

歆歆從很小就知道，辦公室和學校的文具用品才是店裡主要的收入來源，她也很喜歡在補貨的日子，在學校和爸爸打招呼的時刻。但……明明是書局，「書」反而賣不太出去，這又是為什麼呢？歆歆一直將這個疑問放在心上。怕這個問題提出來，會讓特別喜歡書的媽媽感到傷心。

從以上的敘述，可以看出來，歆歆是一個以自己家的書局為榮的小女孩，可是，當到她長大一點之後，回過頭，看著自己家的書局時，那要亮不亮的招牌，總讓人看了有一點點心痛的感覺。

長大後的歆歆漸漸知道，書的進貨成本高、利潤低，現在網路書店那麼方便，只要滑鼠點幾下，新書就能從超商取貨或送貨到府，加上店裡文具的價錢，又不比連鎖量販店賣的便宜，她真不明白，為什麼爸爸非得要守著這家店不可？

甚至爸爸連逢年過節也捨不得關店，難道賺錢，真的有這麼重要嗎？為了這一點，歆歆偶爾會偷偷生爸爸的悶氣。

為什麼大家放假的日子，書局卻不能放假？依照爸爸的說法，書局裡賣的東西，要跟隨村子裡的大事走，才能有額外的好生意，像是過年的春聯、紅包、伴手禮都不可少，好讓從外地回來的遊子，以及在地的家鄉父老，都想過來走走。所以逢年過節這些大日子，店裡絕不會輕易關門。

可是很奇怪，平時店裡什麼東西都賣，獨有白包是「只送不賣」，老客人往往只需要打聲招呼，向爸爸說聲「您好，我想要買白包」，歆爸爸就會默默從抽屜裡，默默抽出一張白包交給對方，還不收對方錢！年紀小小的歆歆，為此還對爸爸發過一頓脾氣呢。

「阿媽！妳看爸爸啦，哪有人做生意不收錢！這樣怎麼賺錢啦。」面對好脾氣的爸爸，歆歆只能朝阿媽抱怨了，沒想到歆歆爸爸聽了聽女兒的怨言後，只是擺了擺手，淡淡說了一句「賣客人白包，沒意思」，阿媽也點點頭，看起來很贊同兒子的樣子，這點讓歆歆感到好困惑。

長大後的歆歆才明白，爸爸有爸爸的主張，有些帳，不用算得那麼明白。

第三章 立春

歆歆不知道別人家的店是什麼樣子，她只知道，三百六十五天，月眉書局天天都有營業！即使到了該關店的時刻，只有一位客人匆匆忙忙進來，書局都會為這位客人開門做生意。

更不用說在大年除夕的那天，村子裡的客人們，在店門口排隊大排長龍，耐心等待爸爸捲起袖子揮毫寫春聯的時刻了，不管外頭如何冷颼颼，歆歆都得在旁為爸爸磨墨當小書僮，每年自己的臉上、手上都是以沾滿墨水的姿態，迎接新一年到來。

歆歆雖然對過年店裡沒休息有些生氣，不過當她走在村子裡，看見家家戶戶貼有爸爸親筆揮毫的春聯，心裡面總是感到好得意，因為那可是爸爸的好手藝啊！歆歆對自家書局就是這麼複雜的情緒，一方面覺得書局占用家裡太多時間，另一方面，又覺得能為大家服務是一件很棒的事情。

除了距離學校很近，很方便之外，月眉書局還提供月眉國小專屬的圖書禮券喔，每當學校裡舉辦各式各樣，大大小小的比賽時，等到頒獎典禮的那天，放學過後，就會有孩子們踩著輕快的步伐，從鼻子裡哼出歌來，他們手裡拿著禮券，開心來到店裡，然後花上好長的時間，挑選一份送給自己的禮物。

「恭喜你，下次還要繼續努力喔。」歆歆爸爸接過禮券後，便會對小客人們真誠獻上祝福與鼓勵。

「謝謝老闆！」接過商品的孩子，開心極了！好像又再經歷一次頒獎典禮，可是每個使用禮券結帳時的人，心裡都有一股失落感，感覺，就像送走了一張小小榮譽獎狀那樣捨不得。可是，老闆的話，也讓他們握緊拳頭，再一次提醒自己，下次再繼續努力、加把勁，下一次，一定還能拿到禮券！

歆歆相當懂得大家的心情，當她自己得獎時，雖然和同學一樣，拿的都是自家的禮券，可是，能夠挑選自己喜歡的東西，那是多麼令人愉快的事情啊！

這也是為什麼，即使歆歆家裡已經開書局了，她還是三不五時，很喜歡去逛別人家的店一樣，那些東西明明家裡都有賣，但放在別人家的櫃子上，感覺就是特別不一樣。看看別人家商品如何擺放，櫃子怎樣布置，這些都讓歆歆小店長獲益良多。

每天放學回家都要幫忙顧書局的歆歆，這天回家後，在飯桌上，帶來一個特別的消息。

「媽媽，什麼是行動書車？我們學校不是已經有圖書館教室嗎？為什麼校長說會有書車來我們學校？它會一直停在我們學校嗎？」原來是今天朝會時，校長說，下個禮拜三，學校將會迎來一臺行動書車，希望大家能夠熱情的歡迎書車的到來。

「太好了！小象飛飛終於要飛進妳們學校了！」歆歆媽媽激動的放下碗筷。

原來行動書車是好久以前，歆歆媽媽就想到的好主意，她單純希望鎮上的孩子們，能夠與書變得更加親近，即使不用親自到鎮上圖書館，也能夠看書、借書，為了讓書送到大家面前，所以特別想出了這個好點子，當後來有機會落實時，她努力把握了這個機會。

歆歆媽媽知道，想要讓這個夢想順利成真，第一步需要通過館長的首肯。她需要將腦海中抽象的計畫，說得更加具體清楚與明白，別人才能看見她心裡的畫面。因此，她必須懂得，一臺書車的書架可以乘載多少重量，還要了解車子該如何改裝、設計，還得想想看，要如何才能讓孩子們知道，書車抵達了呢？

這些問題，沒有人能夠一次全部回答她，只能靠歆歆媽媽自己慢慢想，一邊想問題，一面想答案，靠自己的想像，慢慢構築這輛車子的由裡到外。

「你想想看，書車和圖書館不一樣，可以到處跑透透，無論山裡、海邊，只要有心，書車哪裡都可以開過去，讓孩子們在被大自然環繞下的環境看書，那該有多好！」在小象飛飛還沒有誕生之前，歆歆媽媽就是這樣，拉著丈夫和女兒的手臂開始作夢，打從心底的相信，這個夢想成真的可能性。

歆歆爸爸沒有對妻子說，他好喜歡妻子作夢的樣子，她的夢，就像一部好看的電影，能夠讓每位聆聽故事的人們，腦海裡都能一起看見那幅最美好的畫面。

「我還想到一個很棒的點子，那就是在車上裝大聲公！這樣不管小朋友住得多遠，只要遠遠的一聽到大聲公的聲音放送，就會知道今天有書車來，你不覺得這是一件很棒的事嗎？」歆歆媽媽已經想到如何解決讓大家知道書車到來的法子了！這還是她從候選人的競選車得到的靈感呢！

沒有等丈夫的回答，歆歆媽媽再次閉上眼睛，想像孩子們從四面八方湧上來的模樣。她當然知道，這一個夢想不一定能夠實現，而且，即使書車之夢真的成真，孩子們也很有可能對書本興致缺缺……可是她就是停止不了作夢，就像鳥兒不會停止飛翔，她也一樣停止不了對想像的渴望。

不過，一想到這項計畫背後高昂的預算，讓務實的歆歆媽媽打了個哆嗦，但她還是硬著頭皮，提起筆，一筆一劃的在紙上刻下自己的理想，編列可能需要的預算，就好像這件事真的會發生一樣。

○第四章　雨水

終於，皇天不負苦心人，機會真的悄悄來到眼前。

那一天，是普通的一天，平凡到容易讓人們忽略，日常生活存在著不可思議的魔法的一天。

那天下午，館長和歆歆媽媽在館內辦公室內，按照慣例，進行每月一次的例行性的開會，每個月，小鎮圖書館都會為居民安排各式各樣的活動，只希望大家能提起沉重的雙腳，輕快的主動走進館內。

為了吸引大家的注意，圖書館每個月都會印一本刊物，訪問在地耆老或是學校老師、小朋友們，記錄鎮上的點點滴滴，以文字與圖像，訴說故事給大家聽，從未有人要求一間小鎮的圖書館員得做這件辛苦差事，可是，館長和歆歆媽媽，兩人甘之如飴的將這份責任傳承下來，讓這件事成為一項美麗的傳統。

歆歆媽媽和館員彼此分工合作，從文章的編寫到照片拍攝和剪貼都不假他人之手，連插畫也是喜愛藝術的館長親筆提筆繪製。只是館長近年來，因為上了年紀，工作告一段落，時常得摘下老花眼鏡歇息一會，並不能夠長時間作業。

這天，正是他們開會討論下一期月刊主題與內容的那一天。

「館長，這一期月刊還有一處空白版面，我想把我之前寫的提案放上去，與讀者們分享我的想像，您覺得如何呢？」歆歆媽媽大膽的向館長提議，她在心裡，早已想好文章標題，那就是——

「夢想圖書館──行動書車」

歆歆媽媽原本一開始是打算向館長提議，但館長仔細將這篇文章來回讀了好幾遍，推了推鼻樑上的厚重老花眼鏡，驚呼說道：「哇，這得花多少錢啊！」看來無論在哪裡，錢都是事情成敗的關鍵，現實生活少了錢這也不行，那也不對，讓歆歆媽媽忍不住嘆了口氣。

「很抱歉因為預算，沒辦法通過這個計畫，不過，我認同妳的理想，也認為這是一篇好文章，我們把它放進月刊，我再為妳的文章畫插畫，妳覺得如何呢？」館長脫下眼鏡，對歆歆媽媽眨了眨眼。

想當初，為眼前的館員面試，館長還擔心，眼前這位初來乍到的年輕館員，會不會耐不了在鄉下日復一日的生活，做沒多久就心生離去的念頭。幸好，新館員是位有想法、有衝勁的人，她的加入，無疑為圖書館帶來生氣，館內讀者們輕輕發出的鈴鐺笑聲、翻頁聲比起過去，更常聽見了。

說到這，不得不提，歆歆媽媽當初應徵圖書館員這份工作時，館長曾經問過歆歆媽媽一個問題：

「請問，妳為什麼想要應徵圖書館館員？」

聽到這個問題，歆歆媽媽慎重的整了整裙子，坐直了身體，大聲回答：「因為我是一個被書照顧長大的人。」

聽到這個答案，館長感到有些為難，畢竟工作場所可不是實現夢想的地方，若是抱持不切實際的想法來上班，日後說不定還會討厭起這份工作。

看到館長的神情，讓歆歆媽媽好擔心，擔心自己的回答，會不會讓她失去工作機會？可是她並不想對任何人說謊啊。回家的路上，歆歆媽媽默默檢討剛剛的表現，沿途反覆思量。她忽然想到：「啊！對了！當圖書館員，除了熱忱以外，更重要的還有體力啊！」

自行參透這個道理的她，在第二次面試前，把握時間，開始每天跑步、爬樓梯、鍛鍊臂力，從最基本的鍛鍊身體開始做起，看在不知情人的眼裡，還以為她要報名運動比賽呢！

當二次面試時，歆歆媽媽向館長說明了自己這些日子以來的自我鍛鍊，加上對於書的熱忱與了解，總算讓她順利應徵上這份職業。後來的後來，歆歆媽媽學會了如何保護自己，因為圖書館員這個行業，一天到晚手指不是被紙割傷，就是搬書搬到手腕痛、腰受傷，只要一個不小心，就會渾身上下都是傷。

現在入行十年的她，已經懂得上班時間要戴起護腕、護腰保護好自己，也會在抽屜裡，擺滿藥膏與ＯＫ繃，以便發生意外隨時包紮。

正當歆歆媽媽認為自己準備的萬分周全，孩子們看著她的眼神，卻充滿了擔憂。直到有個勇敢的孩子，主動在借書時訊問她：「阿姨妳受傷了嗎？」歆歆媽媽這才知道，原來圖書館大大小小的變化，大家都看在眼裡，包括她自己身上受的傷也是。

「沒有啦！阿姨穿護腰是為了保護自己不要受傷，謝謝你的關心！」歆歆媽媽幫孩子借書時，試著向懂事的他解釋，看到孩子似懂非懂的點點頭，讓歆歆媽媽感到好欣慰。

不知道有多少個早晨與黃昏，歆歆媽媽都是踏著堅定的步伐，筆直的往圖書館前進，因為她就是如此喜歡這份工作。歆歆媽媽這份熱忱，館長當然都看在眼底。

只是身為館長，她始終感到一絲愧疚，沒能為館員爭取更多資源讓她發揮，這一次，恰巧有這個機會，她相當樂意為同事提筆，畫一幅小巧精緻的圖，襯托她的美麗大夢。

第五章　驚蟄

得到館長首肯，讓歆歆媽媽開心極了！對她而言，夢想沒有機會成形也沒關係，至少，身為上司的館長，並沒有否定自己的夢，反而願意為自己作畫，這表示，夢，多多少少都有成真的可能性……吧？

於是，這一期熱騰騰的月刊上，裡頭刊印著歆歆媽媽和館長共同合作的圖文，每期月刊發送到小鎮各地的公家書架上任君索取，不只如此，還會寄送到圖書館會員家裡，讓遠在外地的讀者，也能接受家鄉事。

不可思議的事，就是這樣發生的。

這樣一本定期出刊的刊物，不知道勾起了誰的回憶，竟然有人願意大手筆贊助，一圓歆歆媽媽的書車大夢。館長收到這通來電時，簡直不敢相信，天底下居然有這麼好的事情，這位神祕人士只有一個條件，那就是希望書車能像文章中說的一樣，上山下海，哪裡沒有圖書館，就開到那裡去。

「那有什麼問題！」歆歆媽媽聽到這項要求，她答應的爽快極了，對這點，她簡直求之不得呢！為了讓腦海中書車順利成形，歆歆媽媽這幾天忙得不得了，下班後的頭髮比以前亂、黑眼圈比過往都還要深，但她越忙，臉上的笑容越是燦爛。

為了決定哪些好書，能夠登上書車數量有限的寶座，歆歆媽媽特別將圖書館內的藏書整理出來，她不僅取出孩子們喜愛的熱門書、漫畫書，還有一些鮮少有人主動翻閱的大部頭經典，像是《紅樓夢》、《三國演義》、《水滸傳》這些大部頭的經典著作。

這些沒有彩色插圖與注音符號的經典小說，又厚又重，只要一打開封面，就會從裡頭飄出一股濃厚的紙張味道，雖然很少受到小孩子們的青睞，但是，上了年紀的長輩讀者，往往會回味似的，從書架上取下這些懷念的書。當他們慢慢閱讀時，嘴上那淺淺的笑容和專注的眼神，每每讓歆歆媽媽珍藏在心裡面。

因此，歆歆媽媽相信，不是只有輕薄、好閱讀的書才會受人喜愛，每個好故事都有被看見的機會，只要有人願意翻開書，他或她，就有機會掉進書洞，那不可思議的空間裡。

如果那個故事夠吸引他的心，那麼，往後的日子，只要閉上眼睛，隨時能打開心裡那扇門，重溫曾經有過的感動。如何讓這些厚重的經典故事，成功走進孩子的心裡，一直都是歆歆媽媽這些年來，努力嘗試做的事情。

歆歆媽媽還記得，自己第一次和這些故事相遇的經過……，那是和

「看」小說截然不同的經驗，因為她是用聽的喔！那是歆歆媽媽還沒當媽媽的時候，她從小最喜歡聽大人講古，大人們總是能講故事說得活靈活現，說得彷彿他真的曾經看過故事場景出現在自己眼前，千軍萬馬在眼前奔騰，眼看黃沙捲起，眼看大浪襲來，不只如此，說書人每一次說的故事還都不一樣！

有些精彩的地方，說書人會加油添醋，難過的地方，激動起來會說到眼眶帶淚，除了故事本身以外，歆歆媽媽最喜歡說故事人，和聽故事的人們那一雙雙亮晶晶專注的眼睛，為了要將這些好故事讓更多人知道，自己也要有雙發亮的眼睛才行。

在整理準備到上架書車的書時，人正在圖書館裡工作的歆歆媽媽，想到自己還是小女孩的過往，想到出了神，趁著工作空檔時間，抬起頭望向窗外的藍天白雲，將思緒，漸漸從回憶拉到了現實。

◑第六章　春分

鎮日埋首在館內的辦公桌和書庫裡，歆歆媽媽心裡想的都是如何提升全體鎮民們的借書率，用盡各種方法，鼓勵大家前來圖書館辦借書證和借書，館內還曾經大放送，一次借十本就送環保書袋呢！

只可惜，小鎮居民人數有限，加上有越來越多的年輕人，選擇搬到外地工作，小鎮只有逢年過節時，才看得見人潮熙攘的街道，馬路兩旁才會停滿車子。

現在的圖書館，雖然稱不上冷清，但聽長年任職於此的館長說，以前鎮上的孩子們，每到假日，可是會乖乖排隊，等著進圖書館借書呢！可惜搬到這個鎮上已經十個年頭的歆歆媽媽，從來沒看過這等光景。小鎮的往日風光喚不回來，現在的她，只能想方設法，讓孩子重新愛上閱讀這件事。

要怎麼做，才能讓人們與書更加親近呢？當上圖書館員後，館長時常鼓勵歆歆媽媽提出好點子，大家一起想辦法，看有沒有機會，將好點子變成圖書館的新氣象，行動書車就是在館長的鼓勵之下，在歆歆媽媽心中，成為一顆慢慢發芽的種子。

愛看電影的歆歆媽媽，想起了廟口酬神的布袋戲和黑白露天電影，當村子裡大拜拜的時候，孩子們最期待的，就是花上一個下午和晚上的時間，和哥哥、姐姐們一起站在臺底下，仰著頭、耐著性子看戲，孩子們看的不只是戲，他們期待的是謝神時，偶師朝臺下撒下一圓銅板、硬幣，偶爾被錢幣砸到雖然很痛，但大家心裡還是很歡喜！

如果……圖書館也能夠像播放露天電影那臺卡車一樣，主動開到大家面前，將故事帶給大家，那又會什麼樣的光景呢？想到這，歆歆媽媽的血液開始滾滾沸騰起來，雖然自己只是一名小小圖書館館員，但凡只要有可能實現的點子，她都願意盡力試試看！

於是，在忙碌的工作之餘，歆歆媽媽悄悄利用自己的時間，提筆寫起書車的提案，從此，腦袋裡天馬行空的想法，在文字裡逐漸有了重量落在地上，現在真的有機會駛進大街小巷，讓書到各地展頁飛翔。

「行動書車？唔……」這四個字對第一次聽到的歆歆來說，有點難以想像與理解。

「歆歆，妳還記得，每次下午，總會開著貨車賣筒仔米糕的王媽媽，或是麵包車吧？我想，媽媽說的書車，就是那樣的形式。」看到女兒困惑的樣子，歆歆爸爸想了想，給了女兒一個易於想像的日常畫面。

「知道！知道！我每次都好期待王媽媽開車來我們村子！有時候，阿媽還會給我零用錢買包子吃。」歆歆無預警說出她和阿媽之間的小祕密，讓正在吃飯的阿媽莞爾一笑，也讓爸爸、媽媽噗哧一下笑出聲來。

「可是，不管是學校圖書館或鎮上的圖書館，我都很常去啊，行動書車和圖書館有什麼不一樣？」其實，歆歆心裡有個沒有告訴任何人的目標，那就是，她想當全校第一個把所有書都看過一遍的人！

為了這個目標，她可說是早也看、晚也看，下課後的行程就是逛圖書館，看到每位學校、鎮上的圖書館員都記得她的名字，就連較少光顧的市區圖書館館員們也認得她的臉孔，因為假日她會和阿媽搭公車去借書，這項興趣，可是讓歆歆引以為傲的事情。

「每本書都在找尋懂得欣賞它的讀者。行動書車的書，經過了館員的用心挑選，說不定會對某個孩子來說，特別有新鮮感，想要特別翻開來看看，只是我要先學會如何開手排車才能開書車呢。」對歆歆媽媽來說，夢想成真後，接著而來的各式各樣的挑戰，但她並不害怕面對。

「什麼？媽媽不是早就學會開車了嗎？」歆歆吃驚的問，為什麼學過了還要再學一次？

「貨車大多是手排車，和媽媽現在開的自排車不一樣，所以要再花一點時間適應。」歆歆爸爸揉了揉歆歆的頭髮，瞬間解答女兒的疑惑。

「貨車？」歆歆的嘴巴張得合不攏嘴，平常都是由爸爸開車去送貨，現在媽媽也要開貨車嗎？好酷喔！

「噓，這個消息還不能告訴同學哦。」媽媽微笑著將手指頭輕輕放在唇前，悄聲的對女兒說。

「為什麼？」歆歆張著一雙大眼睛不解的問。

「這樣才有驚喜啊，妳想想看，如果有一天，突然有一輛裝滿書的書車，像飛天小飛象一樣，張開了雙翼來到學校，妳會不會感到很新奇，很想伸手拿一本書來看看呢？」歆歆媽媽一邊說，邊張開了雙臂上下擺動，模仿小飛象的飛翔姿態，她那突如起來的滑稽舉動，逗笑了全家人。

「一定會！」歆歆光是想像，心就在空中飛揚，她已經等不及要衝上去拿書，當第一名讀者啦。

「那就對啦，有耐心，再等一等，媽媽答應妳，一定會讓行動書車隆重登場，就像飛天小象一樣。」就這樣，行動書車在母女倆之間，有了一個特別的小名——小象飛飛，飛飛成為專屬他們家的祕密。

就這樣，歆歆這幾天上學，心裡都憋著一個祕密，對於藏不住祕密，天生愛和朋友分享的歆歆來說，心裡真是難受極啦！

這幾天，上學時，歆歆閉緊了嘴巴，深怕一不小心，話就從嘴巴裡掉了出去。所以當朝會上，校長說出這個消息時，讓她大大鬆了一口氣，她終於、終於再也不用守住這些祕密了！

不只如此，即將到來的校慶園遊會，更是成功轉移了歆歆的注意力。這幾天，空氣裡漂浮著如跳跳糖般的跳躍粒子，沖淡她想訴說書車祕密的欲望，只想跟著大家一起期待這天的到來。

雖然月眉國小每年園遊會的內容大同小異，除了各班發想的創意攤位外，學校還會邀請外面的攤商進駐，讓學校操場就像大型的夜市、遊樂場般熱鬧。

今年，校長突發奇想，希望這一次不再以班級為單位，而是招集學校裡每一個有意擺攤的小老闆來擺攤，每一個人都可以自由報名，在校園裡的各個角落擺攤，無論是想當忙碌的小老闆，或是想當輕鬆逛街的客人都可以。

這個消息，在朝會上發布沒多久，馬上像一顆巨大炸彈，在校園裡威力無窮的蹦發開來！朝會結束後，大家走回教室的路上，每個人掛在嘴邊，開口的第一句話都是「你想賣什麼東西？」這還是歆歆第一次知道，原來大家都有當小老闆的欲望！她以前都不知道耶！

已經有人有許多好點子，像是班上有同學對鑽研史萊姆特別有心得，想要自己動手做來賣給同學；也有人熱衷蒐集遊戲牌卡，打算辦一場牌卡格鬥會；也有人想要辦戰鬥陀螺競賽，比比看誰最厲害；還有人想擺夜市常見的套圈圈，把自己的玩具、玩偶拿出來和大家分享；也有手巧的同學想要自己串珠珠賣項鍊、手環……，每一個人都有自己獨特的想法，大家想要嘗試的內容五花八門，光聽材料就好吸引人！不過剛剛校長特別有規定，在過程中，絕不能傷害人和小動物！這一點，每個人都舉雙手雙腳同意這項規矩，因為快樂不能建立在其他人的痛苦上，這是連一年級生都知道的道理。

小老闆對已經有擺攤經驗，家裡又開書局的歆歆來說，並不是一件困難的事，甚至她比大多數的同學來說，都更加有經驗，雖然她也想當一次悠悠哉哉的客人，但血液裡有小老闆的血液的她知道，這是絕不可能的事！

她怎麼可能會錯過這個大型的市集，賣東西的機會呢？歆歆第一個想到的點子就是賣書！但是……一本書並不便宜，大家的零用錢都不多，加上又不是每個人都喜歡讀書，還有什麼方法，可以讓「書」吸引更多同學們的注意呢？

下午放學後，想這件事，想得出神的歆歆，連阿嬤從外頭喊她的呼喊聲都沒聽見。

「歆歆啊！歆歆！快來幫阿嬤將這些水果放到冰箱裡。」阿嬤剛從廟裡拜拜回來，雙手提滿水果、餅乾，喘得上氣不接下氣。

「哦！我來了！」好不容易回過神聽到阿媽呼叫聲的歆歆，嚇到連忙跳下椅子，衝出去幫忙。

「來，妳看看，妳看看上頭寫些什麼？」阿媽每次從廟裡回來，總會從廟裡帶回一張紅色的籤詩，那是阿媽和媽祖之間的悄悄話，有什麼心事，阿媽都會虔誠的閉上眼睛說給媽祖娘娘聽。

回家之後，歆歆再輕聲唸給阿媽聽，年紀小的她，對籤詩內容似懂非懂，只知道，阿媽每次聽了後，不是滿意的點點頭，就是遺憾的搖搖頭，今天的歆歆也在等待阿媽的點頭或搖頭。

不過今天的籤詩特別的簡單，不用等阿媽點頭、搖頭，歆歆光看字面上的文字，都能夠明白，媽祖娘娘的意思是，一切上天都有安排，擔心也沒有太大的幫助，不如放寬心。聽完籤詩的阿媽一陣沉默，歆歆偷偷看著阿媽緊皺的眉宇，不知道阿媽心裡在擔心什麼，心有沒有打開了一點點呢？

「哇！有了！有了，我想到了，就是這個！」還來不及參透阿媽的複雜心事，沒想到，媽祖娘娘的籤詩，居然從空而降，帶給了歆歆擺攤的好靈感！

聽見孫女開心的呼喊聲，阿媽雖然不清楚發生了什麼事情，同樣感染歆歆這份好心情，眼角的魚尾紋雀躍的漾了開來。

「好、好，我煩惱再多也沒有用，不如聽媽祖娘娘的指示，吃好、睡好、沒煩惱。」阿媽使力的站起身，用力的拍拍手、鼓鼓掌，為自己加油打氣，起身準備張羅全家人的晚餐。

在歆歆家，煮飯這件事是大家輪流的家務事，運氣好會吃到阿媽的拿手好菜，愛嘗試新鮮事物的爸爸，則是喜歡網購方便的調理包，讓大家一起嘗嘗鮮，媽媽的創意料理則是好、壞參半，有時失敗，有時出奇的好吃。

不過，嘿嘿嘿，這些都比不上歆歆，自己看著網路影片學來的創意佳餚，從和阿媽一起上菜市場，加上大人們的技術指導，幾次下來，歆歆總是有模有樣的端出美味佳餚，讓大家都很期待她的好手藝，即使不好吃也不要緊，最棒的是勇敢放手嘗試。

不過媽祖娘娘的紅籤詩，要怎麼樣，才能變成歆歆攤位上的商品呢？歆歆的腦袋瓜子是這麼想的，有些人不是不喜歡書，而是平時沒有看課外書的習慣。如果，有一件事，可以讓挑選一本書這件事變得更加好玩，大家會不會對讀書更感興趣啊？讓選書就像抽籤一樣，充滿了未知的期待。

於是，在她筆下，每支書籤都是上上籤，裡頭沒有厄運，也沒有壞事會發生，上頭只寫著讀書的建議，抽籤之前，可以想想，如果心裡面有什麼煩惱，抽到哪些書，那些書說不定就能幫忙解憂愁，減輕心裡面的煩憂。

第七章　清明

如何挑選適合的書與寫詩，這對小小書蟲的歆歆來說不是一件困難的差事。看著女兒忙進忙出，爸爸和媽媽兩人有默契的不想打擾女兒的高昂興致，家裡面每一個人都沉浸在自己的興趣裡，每一個人都好像一顆星球般，保持距離，平安的運行。

就在歆歆寫完五十六張籤之後，她開心的想著下一個企劃，畢竟一個攤位要有趣，除了讓人看書以外，還要有各式各樣的活動，才能吸引大家注意，歆歆的腦筋轉得飛快，想著有多少和書有關的活動。

這幾天，月眉國小的孩子都滿心期待，有人迫不及待想要分享自己分享的點子，也有人守口如瓶，小心翼翼不洩漏自己的創意。在園遊會這天，同學們紛紛拿著手機在校園各處逛街。

有人在現場和同學拍照，當然也有人開直播向其他學校的小朋友分享這件校園盛事，看到鏡頭有人害羞的又閃又躲，也有人大方的比「耶！」整座校園鬧哄哄，眼看就快要炸裂開來。

大家覺得好玩極了！這和過去一個班賣一樣東西不一樣，每個攤子各有各的特色，大夥兒帶著家裡準備的野餐墊或布，隨意鋪在學校的走廊或樹蔭下，各自成為一個小攤位。

歆歆的攤位在哪裡呢？她在大榕樹下，鋪了一張野餐墊，也從教室拿出一張木椅子，上頭擺滿了從圖書館借來的書。原本在家裡被阿媽拿來放首飾的九宮格木櫃，被歆歆借來充當道具，裡頭擺滿了紙張。想要拿書的人，必須先拿籤，才能拿書，大夥兒好奇的踮著腳尖，團團將歆歆的書攤圍住。

「可是這些都是妳從圖書館借來的書耶，又不用錢！為什麼我們要付費？」班上同學忍不住對歆歆吐槽，聽到這句話，歆歆竟然也不生氣，刻意向大家賣了個關子，拉了個長音。

「我賣的不是書～而是……」

「喔？」大夥兒張大了耳朵，仔細聽、認真聽，就怕聽漏了好消息。

「其實，我賣的是『為你／妳寫下一個故事』啦！」大聲說出自己的攤位名稱，讓歆歆感到有些不好意思，害羞的漲紅了耳朵與臉龐，原來抽籤、選書只是歆歆吸引大家目光的方法，她真正想做的事，是為大家寫故事。

她知道，如果要大家直接和她說一個故事，大家很有可能會因為不好意思就不敢開口。於是，從圖書館借來這麼多書。她邀請每位客人，先抽一支籤，再根據手邊的籤詩的建議挑選一本書來看看。

在大榕樹下，一邊看書，一邊說自己的故事，這樣一來，說故事的人和寫故事的人都不會太害羞，當別人看完一本書的時候，歆歆也寫完一小段故事獻給客人。過程，就好像平常在寫生、素描一樣。奇妙的是，整座操場上鬧哄哄，只有這個榕樹下的攤位，顯得特別安靜。因為每個人都不希望自己的故事被聽見，所以小小聲說，歆歆細心的聽。

抬起頭、伸懶腰，速寫一則故事不比歆歆想像中的輕鬆。原先她以為，幫大家用五十個字寫故事是件容易的事，沒想到卻這麼費工夫。令她感到詫異的是，抬起頭時，眼前不只有同學，還有幾位大人也在排隊，歆歆再次定眼一看，不只她的攤位前面有大人，每一個攤位前都有屬於自己的客人，彎腰開心傾聽彼此的對話。

這時候，陽光從樹葉隙縫灑進來，在沙地上追逐光影，好美。

等到歆歆休息片刻過後，排隊人潮緩緩的向前移動，但好不容易輪到自己，要在同學面前說出來心事，令人好難為情，有些人扭扭捏捏，就是不敢將心裡話說出口。

「不然大家把心裡想說的事情寫下來好了！」大家聽到這個主意，紛紛表示贊同，過沒多久時間，歆歆居然募集到一座紙條小山，上頭寫著大大小小的煩惱。有些同學的煩惱，讓自認為成熟的歆歆大吃一驚。她從來不知道，每天一起上課、放學、玩樂的同學們，心裡藏著這麼沉重的祕密。

正當歆歆處理紙條，忙著將紙條上的心事，寫成一篇故事，忙得不可開交的時候，歆歆的家人們正準備好一起出發，拜訪女兒的攤位呢。

「我們去學校看歆歆吧！」從不輕言店休的爸爸，以及特地向館長請假的媽媽，大家一起扶著阿媽，來學校看歆歆。歆歆看到親愛的家人來訪，心裡自然愉快極了！她開心的在攤子上放上暫時離開的牌子，和家人們一起去逛街。

「哇！不得了了，還有人自己發明創意小吃料理呢！」一家人讚嘆孩子們的好點子，有趣的商品讓人看得目不暇給，這一次園遊會的小老闆市集，可說是大成功！收拾攤位的時候，許多人還依依不捨，分享自己喜愛東西時，嘰嘰喳喳停不下來，就連歆歆的班導師也買了好多同學們自己編的戒指、手環，十隻手指頭掛得叮噹作響。

大家打從心底的認為，每個人的喜愛的東西都能被看見，同時都被人好好珍惜，是多麼難得的一件事情。

學校預留了好長一段時間讓大家慢慢收拾攤位，在爸爸、媽媽和阿媽的協助之下，歆歆也緩慢的收拾，一本本擦拭掉封面上沾上的沙子，學校裡開烘焙坊、小吃店、飲料店的同學們，還有許多待洗的碗盤與杯子，因此洗水槽前排滿了人，大夥兒雖然很疲憊，但每位同學的臉上，都掛著心滿意足的笑容。就算自己不是當小老闆，小客人們一樣捲起袖子，大家互相幫忙，將操場恢復原狀。

開店、關店，這是書局每天的日常，爸爸從來不嫌累，所以歆歆也不會，她耐心的整理沉重的書本，將一本本繪本放進行李箱裡，在爸爸、媽媽的幫助下，將行李箱推回家，沿路上，大家有說有笑，分享自己最喜歡哪一個攤位，認為誰的點子最有創意，當然，最重要的是歆歆從這次擺攤獲得什麼樣的收穫。

第八章　穀雨

「媽媽，有了園遊會這一次的經驗，我覺得大家一定會很歡迎小象飛飛的到來，現在我知道，升上高年級後，大家還是很喜歡看繪本啊，只是對繪本以外的東西與世界也感到很好奇，大家不是不愛看書，只是長大了，對其他事情更有興趣而已。」歆歆真心這麼認為，但這番話好像還是無法讓媽媽感到稍微安心。

「如果小象飛飛到學校，沒有人想來看書、借書，怎麼辦？」從園遊會回來之後，歆歆媽媽的心情隨著要進學校的日子，越來越焦慮，即使爸爸和歆歆輪流安慰她都沒有效。

直到那一天的到來，歆歆覺得自己真是瞎操心了！簡直白白浪費許多時間在擔心！為什麼她會這麼認為呢？因為大家看到小象飛飛駛進學校，簡直就像瘋了一樣湧上前，將飛飛和坐在駕駛座裡的歆歆媽媽團團包圍。

歆歆媽媽在眾人的注視之下，將書車裡的行動書架一一卸下，在學校老師的引導之下，將書架移動到走廊去，改裝後的書車上頭有升降裝置，並不會太費力，等到一切整理完畢，各班同學一窩蜂興奮衝到中廊。

這還是第一次，大家捨棄熱愛的合作社、躲避球和盪鞦韆，全員到齊來到原本被大家「路過」的中廊呢！一下子，中廊頓時間熱鬧得不得了，連平常不愛看書的人，都想摸一摸、瞧一瞧書本，連歆歆媽媽準備的椅子都不夠坐了呢！

「小朋友，今天是小象飛飛第一次來到月眉國小出任務，他的任務是找到小小愛書人，你們願意幫助飛飛，找到那一個對的人嗎？」

「我願意！」大家知道，自己就是那一個對的人，他們的任務就是找到一本自己喜歡的書！歆歆乖乖坐在位置上看著眼前的媽媽，在學校看到的媽媽，跟在家裡看到的媽媽好不一樣，媽媽的眼睛在發亮，連說話的語氣和音調也特別高揚，這一切的一切，都讓歆歆感覺好新鮮。

上一次，看到這樣的媽媽是什麼時候呢？在同學吵雜的人聲中，歆歆獨自陷入了回憶。

那是歆歆還在讀幼稚園的時候，每個小孩子好不容易等到週末不用上課，但是在歆歆家，連週末假日，爸爸、媽媽都要上班。年紀小的歆歆，並不知道別人家的週末如何度過。但她知道，週末除了待在家裡幫忙顧店，還可以去圖書館找媽媽。

只要想念媽媽，她就會央求阿嬤帶她去鎮上的圖書館，為了不打擾媽媽工作，她會一個人安靜的坐在角落，偶爾會探出頭，偷偷看著媽媽在櫃臺忙碌的樣子，耐心回答大家的疑問。

所以，歆歆最喜歡圖書館裡的說故事的時間了！因為她可以大聲回答媽媽的問題，還能聽見媽媽喊自己名字的聲音。

但是這一次不一樣，現在媽媽的身後，還有一整輛展翅飛翔的小象飛飛！

歆歆媽媽不只將小象飛飛開到學校，她更精心準備了「紙芝居*」，說了一個又一個精彩的故事，讓人想親自翻書，看看書裡面的世界，是不是跟她講的一樣精彩。小象飛飛的到來，讓每個人滿載而歸，有些明明是學校圖書館就有的書，大家還是借得興高采烈，深怕一個慢半拍，喜歡的書就被借走啦！

快樂的下課時間一下就結束了，歆歆覺得時間過得好快，怎麼不能夠為媽媽走慢一點？但歆歆媽媽卻不是這麼想，對於小象飛飛首次成功飛行，她感到無比的開心，長久以來藏在心裡的困惑，因為孩子發亮的眼睛而得到解答。

紙芝居KAMISHIBAI

類似於「連環畫劇」，一種源自於1930年代的日本昭和時期的街頭表演藝術形式，指用連環圖畫來說故事。

第九章　立夏

全家人都對小象飛飛的順利出行感到於有榮焉，畢竟這可是歆歆媽媽長年來最想做的事啊！家人們對書的付出，讓歆歆爸爸看在眼底，也開始有了一些想法。

「看來，我也得為我們家書局做點什麼才行。」一向沉默寡言的歆歆爸爸難得開口，看到自己的女兒和妻子接連為書舉辦活動，讓歆歆爸爸難得的，主動的，想做點什麼事情。擅長木工的他，雖然不像妻子與女兒對書本如此情有獨鍾。但他和女兒相同，從小生於書局，長於書局，幾乎童年裡的所有記憶都與書局有關。

隨著年紀漸長，他和村子裡大部分的年輕人一樣，都想到外地闖蕩，在三十而立那一年，年邁的老父親無預警的驟然倒下，母親原本硬朗的身體，也在這幾年忽然孱弱起來。他考量再三，自己是獨子，加上他工程師的工作性質相對自由，可以在家工作，讓他毅然決然的下了一個從此改變一生的決定。

就算辭去原本的工作，只要一臺電腦，就能開啟工作室，遠端作業，無論人在哪裡都可以接案子、編寫程式，日子總是能過下去。他心想，與其讓書局就此在眾人的記憶裡凋零、消失，不如回家吧！

決定辭職的那一天，他下了班後，和妻子散了一場長長的步，結婚以後，兩個人鮮少有麼空閒的時間，妻子原有的工作得心應手，自己的工作業務也日漸繁重，選擇在這個時候返回家鄉，真的是對的選擇？

妻子能夠體諒他的決定嗎？他實在沒有把握。心裡打不定主意，歆歆爸爸決定自己先回老家一趟，打算在探望母親之際，了解返鄉居住的可能性。

起先，歆歆爸爸有些不適應，走進從小居住的家鄉，無論是空氣或是土地，讓他想起小時候讀過的《格列佛遊記》，成年後的身軀和童年時候相比，視線變得不一樣，凡事都縮小了一點，連過去死命跳也碰不到的籃網，現在輕而易舉就能碰到籃框，一切都變得不一樣了。

「媽，村子有點冷清啊。」聽到兒子這麼說，身體一向硬朗的歆歆阿媽，故意轉過身去不看自己的兒子。

「你們年輕人都不回來，人從哪裡來？要不是你爸發生意外，你會想到回來看自己的老母親嗎？」歆歆阿媽的話裡帶刺，這是因為她受傷了，心裡破了好大一個洞，如果不用怒意尖銳的武裝自己，假裝自己不在意失去老伴的痛苦，她怕自己連活下去的力氣都沒有。

她害怕，害怕年邁的自己會連累了心愛的兒子，要他留下不要走。

歆歆爸爸聽進了母親的慟，他一邊整理父親留下的老書局，一邊思考未來的可能性，要走還是要留？

◐第十章　小滿

歆歆爸爸在決心返鄉生活的瞬間，來自於妻子告訴自己懷孕的那一刻起，妻子拉著自己的手，夫妻倆將四個手掌心，一齊放在尚且平坦的小腹上，兩人呼吸之間都是喜悅。

「你覺得寶寶會像我還是你？」聽到妻子這麼說，心裡逐漸有了當爸爸的重量。

家裡新成員的加入，讓原本單純的兩人之家，加快了歆歆爸爸構築一家未來的想法，他反覆思考對大家最好的選擇，假使待在原本的工作崗位，工作時程只會增加不會減少，在可預期的未來，他將錯過孩子珍貴的成長時刻。

回到家鄉經營父親留下的老書局，或許薪水會大幅度的減少，但仍有機會養家，能花更多時間在家人身上，凡事都有利與弊，此時此刻的他，選擇向家人多靠攏一點。

聽到兒子的決定，歆歆阿媽一句話也不說，她哪裡不會知道，貼心的兒子是為了照顧自己而決定回來。孩子回來開心，也令她擔憂，擔心鄉下的發展，侷限了他未來的前程。

歆歆爸爸同樣懂得老母親的憂愁，他決定用行動來證明，接手後做的第一件事便是整理帳目，他是從斑駁數字裡，重新認識父親，在字裡行間，貼近他的為人。

月眉書局的燈再次亮了起來，大家都知道，老老闆的孩子回來了。人家都說，故鄉的土地會黏人，歆歆爸爸就是屬於被黏住的那一個人。他心甘情願的守著家鄉一隅的書局，日日開燈關燈、開門關門，用最傳統的方式，在家鄉提供最老派的服務。

如果有人問歆歆爸爸，過去和現在最大的不同是什麼，他會說，少了名片上的職別，多了平易近人的稱謂。起先，在這座村子都喊他是誰誰的兒子，自從父親過世，女兒出生之後，接踵而來的生離死別，讓他成為自己，與別人眼中真正的大人，於是，大家開始喊他「月眉書局的老闆」。

這幾個字的重量，起先會壓得他喘不過氣來，一開始，甚至讓原本就不擅言詞的他，在家鄉顯得越加沉默，因為他總覺得，見識過父親的村民們，會拿他與處事海派、大方的父親比較。

然而，過去的營業方式，早已不適用於現在，比如說有些居民習慣賒帳，小錢欠著、欠著也就忘了。也有調皮的小孩，趁著大人一個不注意，在店裡，偷偷摸走一兩樣小文具。雖然都只是小事，但無數小事堆疊，逐漸成為一個可觀的問題，但最重要的，還是不夠撐起一家人生計的來客數。

小村人數少，客源自然有限，為了增廣客源與收入，歆歆爸爸開始練習說話。

「什麼？說話這件事也需要練習嗎？」每當歆歆聽到媽媽說起這段陳年往事，她都覺得好不可思議喔！人，不是本來就會說話嗎？為什麼爸爸還練習說話？

「對啊！那時候，妳爸爸為了拜訪舊客戶、找到新客源，登門拜訪前，會先在車內大聲朗讀練習，為自己壯膽喔！妳在媽媽肚子裡，聽到爸爸洪亮的聲音時，就會踢得特別大力，彷彿在為爸爸加油、打氣呢。」每次聽到這裡，歆歆心裡都覺得好甜蜜，因為這代表，即使自己還在媽媽的肚子裡，他們全家人也能一起為同一件事情努力。

練習說話這一招果然奏效，讓歆歆爸爸原本薄弱的聲線日漸飽滿起來。加上早晚在外頭跑業務、送文具，讓他原本白皙的後頸、手臂，曬出黝黑的蜜糖膚色，也讓遠在好幾公里外的工廠和學校，開始認識了這一間有著美麗地名的地方書局。

在兒子外出送貨、尋找新客源的期間，歆歆阿媽仍陷在喪夫之痛，每日話說得少、飯也吃得少，她安靜的重新找回自己的力量，希望有一天，能為兒子幫上忙、使上力。她希望這個未來不會太遠，但現在，她真的沒辦法。歆歆媽媽則是正式進入待產期，她辭去原本的工作崗位，暫時幫忙丈夫照顧家中的書店生意。

第十一章　芒種

村子裡的人都很好奇，歆歆爸爸的妻子，會是什麼樣子？印象中那一個沉默、害羞又內向的孩子，長大之後，又會與誰結為連理？

幸虧有著村民七分關心、三分好奇的好心，讓月眉書局的生意，自夫妻倆接手以來，業績不至於在谷底擺盪，但離心目中的目標，還有一段距離，歆歆爸爸不氣餒，書局有妻子顧店，他愈勤勞的在外頭跑業務，晚上回來繼續寫程式。

「妳都和他們聊些什麼呢？」他原本還擔心妻子和村民們溝通會有障礙，但妻子的神情瀟灑且自信，總拍胸脯保證一切沒有問題。

「我和長輩們邊下棋、邊聊天啊，他們和我說了很多你小時候的事情。」歆歆媽媽燦爛的笑著，夏日的午後很長，招呼三言兩語總會說盡，泡一壺茶的時間也不長，為了聯繫感情與打發時間，下象棋絕對是娛樂首選。

書局販售的東西稱不上最齊全，但棋子、棋盤絕對不缺。即使是閩南語不輪轉的妻，也能在行棋之間，逐漸聽懂長輩們的日常話語，從他們口中，歆歆媽媽愈加認識了丈夫，以及養育他長大的這間書局。

「妳都不知道，這家書局以前有多風光啊，很多從外地來的人都是慕名而來。」鄰居說這些話時，刻意壓低聲線，深怕這些話被歆歆阿媽聽見耳裡會傷心。

「我們都以為，這家店做到老人家那一代就收尾，原本還擔心，以後小孩要買文具怎麼辦？老闆娘的身體又該如何是好？還好你們回來，還好、還好！這些送給你們吃，我們自己種的，沒有灑農藥！」歆歆媽媽放下手上的棋，看著桌上堆滿鄰居三番兩頭送來，沾有泥土，這些都是大家自家種的農作物，最飽滿的心意。

那個夏天，歆歆爸爸感覺到，自己和月眉書局一起褪了一層皮，如同破蛹而出的蟬，重新開始認識這個出生村子。書局的生意漸漸上了軌道，女兒歆歆出生的那一天，正好是他回來接手書局生意滿一年，幸運的，妻子成功應徵上鄰近鎮上的圖書館，他和妻子在小村養育著女兒同時照顧著書局，無怨無悔。

只是，隨著孩子年紀漸長，歆歆爸爸也知道，聰慧早熟的女兒，恐怕也會聰明的意識到，近年來，書局生意遇到瓶頸了吧？市區相繼開了大型連鎖書店，以破盤超低價，販售各類文具商品，加上網路書店的興起，也讓買書這件事情變得更加便利，還沒等到那家書局開幕的那天，家家戶戶的信箱裡，已經塞滿優惠傳單。

開幕那一天，歆歆一家人特意開車前往朝聖，不出所料，店外頭大排長龍。走進店裡，店內文具、商品更是琳瑯滿目，不僅商品應有盡有，樣式更是多樣齊全，背景音樂開到最大聲，每個人都像被下了魔法和咒語般，往前走一步，就在購物籃裡多放進一件商品，反正那麼便宜！有什麼不可以！

這時候，歆歆爸爸嘆了一口，以為只有他自己聽得見的氣，但始終拉著他的衣角的女兒歆歆聽見了，聽見了爸爸的憂愁。

但歆歆爸爸沒有花太多時間憂傷，回到家，他好好坐下來，仔細思量，月眉書局的優勢在哪裡？他憑什麼能夠贏得過一間物美價錢的批發量販店？如果，不論輸贏，小書局只是想有骨氣的活下去呢？真的沒有辦法嗎？

他想了良久，地方書局小本經營，價錢絕對比不過人家，但他可以選擇好用的產品為他們說故事，勤跑學校與工廠，以愈加誠懇的態度，一一向老顧客、新客戶說明，為什麼挑選這些商品的原因，也愈加珍惜每一次開車外出送貨的機會。

歆歆爸爸有時候甚至覺得，自己販售的除了商品以外，還有其他看不見的東西，比方緣分，比方人情。他猜想，當年，自己的父親也是在用自己的方法，守護著這家店的成長吧？小時候的他，總會看著爸爸走出店外，望著落日雲彩的背影。已經逝去的父親，在自己離家的這段時間，也是像這個樣子，手插著腰，望著天空嗎？在這裡，每天的日子，都是那麼相似又是如此不同。

「有什麼方法可以讓更多人認識月眉書局？」這一天，在飯桌上，難得由沉默的歆歆爸爸主動開啟這個話題，這些年，隨著孩子呱呱墜地，老母親走過喪夫陰影，妻子也在工作領域找到自己的成就感，只有他，彷彿還在不見日光的隧道裡摸索，找不到出路。

他想起，剛回小村的時候，妻子還不是很適應，甚至時常被村子裡，那隻起得太早的公雞給吵醒，要知道，小村裡的雞，總是從凌晨三點開始暖聲，四點放聲啼叫，五點鐘正式大啼特啼，誰也阻止不了牠天生的習性。

從都會的大公司到地方圖書館，要適應其中的差異，不是那麼容易的一件事，可是妻子還是妻子，無論人在哪裡，她仍一如往常的愛書、惜書，不怕麻煩，將諸多事務攬在自己身上，時常人下班了，一顆心還待在圖書館裡不肯離去。

不過，他就是喜歡妻子這樣的個性，妻子不知道，當她說起自己喜愛的事物，眼神所散發出耀眼光采，有多麼令人著迷。這些話，他一句都說不出口，只能用筆寫下來，睡前在床頭櫃上擺一封信，等妻隔天神采奕奕上班前，打開信封，讀進自己的心意。

他倆生了一個小書蟲，這不太令人意外，事實上，他對女兒沒有太大要求，只希望孩子平平安安，身體健健康康長大，這已經是為人父母最大的福氣。

但更有福的事，女兒從小在耳濡目染之下，自然而然，成為一個小小愛書人。因為妻子在圖書館工作，他在家裡上班，因此，他成為了一名超級奶爸，幸運的，從歃歃會坐到爬，翻身及啞啞學說話，都因為在自家書局工作的緣故，他皆躬逢其盛，未曾缺席。

那時候，智慧型手機還沒像現在那麼普及，他可是拿著家用電話的話筒，寸步不離耐心守在女兒一旁，隨時準備打給正在圖書館上班的妻子，他相信，女兒稚嫩的聲音，一定能夠療癒埋首在書堆裡工作的另一半。

不只如此，書局賣的商品，也隨著孩子的出生，開始悄悄起了變化。他在選物上，開始有了身為一名父親特有的溫柔，他總是仔細的想，現在的小孩子喜歡些什麼，哪些材質會對地球造成傷害，盡量不進貨來賣。

他認為，這些微小、正面的努力，在往後的日子，在他那些無法陪伴女兒左右時，能為女兒帶來一些小小的幫助。這些話聽起來很傻，可是，他真心這麼認為：能夠讓社會變得更好，未來，女兒受傷的機會就會更小一點。

今天家裡又是吵吵鬧鬧，愉悅歡快的一天，直到睡前，歆歆爸爸都是這麼想的。

第十二章　夏至

可是，意外總是在這時候降臨，突如其來的發生，不然，就不會稱為意外。那天夜半時分，睡眼惺忪的歆歆，看見客廳燈沒關，以為爸爸和自己一樣，半夜口渴起來找水喝呢！

「爸爸，你睡在這裡會著涼啦！」歆歆還以為爸爸在惡作劇，躲起來故意嚇自己，但她越看越不對勁，趕緊呼喊還在沉睡中的家人。

「啊，媽媽！媽媽！妳快過來，爸爸昏倒了、爸爸昏倒了！」

屋外下著大雷雨，阿媽和媽媽在屋內準備上醫院，歆歆獨自撐著大傘在漆黑的路口等著，等著救護車從遠方駛近，她在暗夜裡大力揮手，就怕救護車看不見她。

爸爸病倒的消息，引起村裡一陣軒然大波。

「年輕力壯怎麼會？」大家議論紛紛，歆歆以為只要別過頭不去看，悲傷的事情便不會發生，不用去想更壞的可能性，但一人身兼多職的爸爸真的太累。歆歆蜷曲在病床旁，牽著爸爸一隻涼涼的手，爸爸醒醒睡睡，燒退了又稍，看上去不是特別的不舒服，但人也沒有完全清醒。

醫生的診斷，原先歆歆爸爸就有家族遺傳病史，加上天氣炎熱、過度勞累，使得體內白血球感染。聽到這，阿媽雖然聽不懂，但她聽懂一句話：「她的兒子太累了！」她知道為了經濟著想，白天經營書局，半夜挑燈寫程式，一個人當兩個人抵用。阿媽害怕，害怕送走了老伴，自己的孩子也保不住。

醫生走後，阿媽嘴裡直喊著：「我早就告訴他把店收起來不要做了！」歆歆只是個孩子，她緊緊握著阿媽的手，希望她不要害怕。只是當歆歆站在病床價目表前，她愣住了，高昂的住院費用，遠超乎她的想像，簡直嚇壞年紀小小的她了！

歆歆想，天啊，他們家得賣出多少支原子筆、多少本筆記本還有書，才夠付住院費啊？

那一連串的數目字，成為日後歆歆開始穿起圍裙、精打細算，當起月眉書局裡小當家的契機。誰想也想不到，歆歆爸爸過去許下希望讓更多人知道月眉書局的願望，書店轉型的契機，居然是在這一場意外中開始萌芽。

月眉書局因為歆歆爸爸住院的緣故，關門了好一陣子，每天由媽媽和阿媽帶便當，到醫院輪流照顧爸爸，看見家人，爸爸總是提起精神，說說笑笑，可是全家人都知道，以後不能再讓爸爸這麼忙碌而累倒了！

「怎麼樣才可以提高店裡的收入呢？」這天下午，歆歆咬著筆桿死命的想啊想，店裡，除了賣書、文具、五金雜貨外，還可以賣什麼？

「哎呀，這不是小孩子應該擔心的事啦，大人的事讓大人操心，小孩好好長大就夠啦。」阿媽用手上的檳榔葉扇，溺愛的敲了敲孫女的頭，那是阿媽自己手拿鐮刀砍下來的成品。歆歆覺得阿媽好厲害，什麼東西都能用自己的手變出來。

「不然，趁這個時候，將書局收起來，讓妳和爸爸、媽媽回城市工作，那也很好啊！才不會被鄉下一間老書局拖累……」阿媽說這些話時，神情不像平常般明朗快活，取而代之的是落寞神情。

歆歆心裡好捨不得爸爸。可是，是不是像阿媽說的一樣，把書局收掉，才是最好的決定？歆歆決定將這個問題放在心上，先用自己的眼睛仔細觀察、耳朵仔細聆聽，好好想清楚，再來回答這個難解的問題。

第十三章　小暑

其實，阿媽自己怎麼樣也想不明白，生意為什麼會這麼難做？以前的生意難歸難，可是只要肯努力、肯打拼，天無絕人之路，總有一絲可能性。好比說，那時候，她和丈夫不就在什麼都沒有的情況下，白手起家，開了一間店？

「想當年，我和妳阿公兩個人在書局裡什麼都賣，糖果餅乾也賣、水果也賣。」歆歆最喜歡聽阿媽說故事，尤其是月眉書局的誕生，那是在爸爸出生以前發生的故事。

那時候，月眉書局還不叫月眉書局，甚至，連名字也沒有，因為不需要，雖然沒有店招牌，可是，大家都知道這間獨一無二的書店，這是為什麼呢？原來在過去，阿媽為了養大家裡五個孩子，做過各式各樣工作，她曾經在火車站賣過煤炭，也為人家幫傭打掃與洗衣，其中最讓歆歆感到不可思議的，就是一邊在廟口賣水果，一邊賣書！這到底是怎麼一回事呢？

說到這，阿媽在藤椅上，坐直了身體娓娓道來，信手拈來都是故事。

「乖孫女，妳要記得，我們家的書局，一開始，只是在廟口旁邊的一個小小攤子，連書報攤都稱不上，我和妳阿公批來各式各樣的花生米、水果賣給過路的香客們，大家遠道而來進香，都喜歡這些小小的伴手禮。」

「那為什麼會賣書？」歆歆好奇的舉手發問。

「因為啊，妳阿公識字，詩籤又讀的特別好，常常免費幫香客們解籤排解心事。大家都說，再壞的事情，從妳阿公口中說出，好像都沒有那麼嚇人，好事都會發生。」想起阿公生前的好，歆歆阿媽的眼神，變得好溫柔。

「賣書是為了想開導那些過不去的人，抽到下下籤的人們，時常苦著一張臉，好不容易跑這一趟來拜拜，卻沮喪的離開，這不是很可惜嗎？所以你阿公就想到這個方法，賣些好書，也賣識字的簿子，讓大家回家看書、寫字，整理一下心情。」阿媽手裡的檳榔葉扇生動的揮舞著，有時敲敲自己的頭，有時搧搧風，歆歆點點頭，很能夠理解阿公的想法，雖然她這輩子無緣見到阿公，卻同樣能感受到這份體貼。

「那時候，妳爸爸年紀還小，連話也說不清，生意忙碌時，我就把妳爸爸丟進水果籃裡，妳都不知道！妳爸爸小時候個性好淘氣，居然爬出來，還將一顆顆要賣的橘子，丟到大馬路上，讓阿媽和阿公彎腰到大馬路一顆顆撿回來，唉唷！想到這我就想笑。」阿媽被往事回憶逗得呵呵笑，擺攤賣水果的日子辛苦歸辛苦，可是快樂的回憶也特別深刻。

「那時候，有位時常來求籤的先生，希望阿公教他學會識字，他說他也想看書排解心情，但自己連字也讀不懂啊。從那時候起，你阿公就到處為人奔波，說這件事萬萬不能耽擱，學習最重要的就是趁有火苗時添薪柴火。」

「妳知道我們後院那座敬字亭？就是妳阿公開書局時發願興蓋，他惜字如惜命，哎呀，說起書的樣子，妳阿公的眼睛，和妳媽媽有點像，都是看到書就會閃閃發光的人，難怪我第一次看到她就特別投緣。」歆歆發現，說起往日的故事，讓阿媽暫時放下心中的擔憂，她希望阿媽多說一點，讓憂愁離她更遠一些。

這個下午，歆歆聽聽故事聽得入迷極了！歆歆用心記下這些珍貴往事，睡前，慎重的寫進稿紙上的綠色方格子裡，想將阿媽說的故事記錄下來，讓更多人知道。

◑第十四章　大暑

「謝謝郵差，希望這封信能順利抵達。」在投進郵筒之後，歆歆閉上眼睛祈禱一切順利，這不是歆歆第一次投稿，卻是第一次自己投郵筒、寄信。

無論在班上或在家裡，老師和媽媽都會鼓勵歆歆練習寫作文，但這是她首次鼓起勇氣，主動寄給報社。那時候的她還不知道，這件往事，會掀起什麼樣的漣漪。畢竟，這只是在阿媽眾多的故事裡，一篇小小的篇章，卻像一顆石頭一樣，在湖面一圈又一圈的散開。

阿公、阿媽創立月眉書局的故事，幸運的，被刊登在地方報紙上，報社寄來一份剪報與獎狀到學校，老師也在班會時獎勵一番。出院後的歆歆爸爸，即使在休息時間，仍打起精神來，將報紙裱框高掛在牆壁上，媽媽也將影印稿開心的與館長共享，歆歆很害羞，可是又好高興。

正當歆歆以為所有事情都告一段落之後，卻接到有一通專程打給她的電話，奇怪的是，阿媽還跟對方寒暄了好一陣子呢！

「阿媽，妳確定這通電話是找我嗎？」阿媽只管催著孫女快接電話，不要問這種蠢問題。歆歆一顆心忐忑不安，擔心自己是不是在學校做錯了什麼事情，所以老師特地打電話來關心？接過話筒，歆歆小心翼翼開口，說了一聲：「喂？」

「歆歆嗎？我是妳的大舅公啦，我看到妳刊登在報紙上的文章啦！寫得真好。」

「舅公？」歆歆怎麼樣也想不到，一位好久不見的親戚，居然會打電話給自己，而且還是一位長輩呢！

「看到妳的故事，讓我好思念以前住在村子裡的種種往事。妳盡量寫，舅公會等著看，加油！加油！舅公為妳加油！」歆歆呆呆的掛上話筒，難道……這就是所謂的讀者嗎？

「天啊……我的第一位讀者居然是舅公？」歆歆怎麼樣也想不到，這就是她第一次感受到文字的威力。從那天起，歆歆持續的在稿紙面前奮戰，有時有靈感，更多時候什麼也沒有，但光是坐在書桌前，就讓歆歆感到自己和爸爸、媽媽一樣，有前進的動力。

仔細一看，歆歆桌子上的月曆，上頭以星星符號，標示了一個重要的日期，上頭還寫著「星空市集」四個大字，這又是什麼活動呢？

第十五章　立秋

自從上次園遊會結束之後，歆歆感到意猶未盡，她將寫好的故事，拿到各個班級，交給當初委託的當事人，原本不同年級，不同班級的陌生同學，因為這樣彼此變得熟稔起來。

其中一位高年級的姊姊，特別分享這個好消息給歆歆，原來在學校外面，也有市集在招募小老闆呢！不僅不用報名費，主辦單位還會為你準備桌子、椅子，這位姊姊覺得歆歆的想法很特別，說不定家裡做生意的她，會對這項活動感興趣。

「當然！我要參加！」日子一天天過去，歆歆期待已久的星空市集終於到來。這幾天，爸爸、媽媽和阿媽接連問她好幾次：「我們真的不用陪妳去嗎？要是妳在路上碰到什麼困難怎麼辦？」

「不用啦！爸爸、媽媽你們放心，我已經長大了，你們放心啦、放心。」

沒錯，歆歆從來不讓爸爸、媽媽操心，可是，這可是市集而不是學校辦的活動啊。歆歆把爸爸、媽媽的擔憂全都拋在腦後，只管沉浸在自己的世界當中，想著要如何布置自己的攤位，要賣些什麼樣的東西。

她翻箱倒櫃找出家裡鮮少用到，上頭布滿灰塵的行李箱。將一面裝滿了自己看過的繪本，再將另一面行李箱，裝滿自己用不到的文具與貼紙。主辦單位說，這是一場跳蚤二手市集，賣什麼都可以。

歆歆從沒有養寵物，不知道跳蚤長什麼樣子，但她知道這兩個字代表，只要自己用不到的二手商品，都可以拿出來賣的意思。裝滿東西的行李箱沉甸甸，她拖著行李箱，費盡九牛二虎之力，吃力的走上自家臺階，光是短短幾步路程就讓她氣喘吁吁。

「歆歆，爸爸不希望妳受傷，妳先在家試試看。」在爸爸的叮嚀之下，於是，歆歆在走廊上，來來回回走了幾趟，又推又拉，好確定自己的力量提得起、放得下，全家人才鬆一口氣。

可是也因為這樣，有好幾本書無法放進行李箱裡，讓她覺得好可惜。

「媽媽，妳一個人開小象飛飛出去時，也是得像這樣，自己得處理所有的書嗎？」歆歆會這樣問，是因為圖書館的館員人數有限，媽媽時常得獨自面對很多狀況，身上常常出現瘀青或是扭傷，讓全家人都感到很心疼。雖然媽媽總是說不要緊、不要緊，但是歆歆知道，媽媽的手總是隱隱作痛。

爸爸跟她說過，這叫職業傷害。如果可以的話，她真想要每一本書長出翅膀，自己乖乖飛到主人的肩膀上，就不會有人因為搬書而受傷。

「就是因為有重量，所以妳需要選擇啊，自己真的很喜歡，很想推薦給別人的東西，最好是不能太重，又不能太少。」歆歆認真的看了看行李箱，每一本書她越看越喜歡，越看越捨不得，想拿出來最後又放回去。媽媽的話也讓歆歆感到好奇，他們家的商品，也有經過選擇嗎？

「爸爸，可是我看我們家賣的每一樣東西，看起來都很普通啊。」聽到這句話，身為書局主人的爸爸哈哈大笑。

「可別小看爸爸哦！我們店裡的東西雖然常見，背後卻都有小小的堅持，雖然價格比別間書店高出一點點，可是品質有保證。」對品質這點，爸爸可是得意的呢！不只用心挑選，每年寒暑假，全家人就會到全臺灣各地的文具觀光工廠和圖書館「踏查」，看看別人家出產的產品，到處聽聽故事，因此，書局裡賣的商品雖然不是名牌高級牌子，但各有各的有故事。

經過好一番的猶豫，歆歆終於挑選了一箱自己扛得起的行李，打算在市集上販賣自己看過的二手書。在爸爸、媽媽的協助之下，她順利的踏上月臺、坐上火車，只是當她抵達目的地，看到車站外的傾盆大雨時，歆歆張大了嘴巴，不敢相信這居然是真的！

「我的天啊，我也太衰了吧！為什麼會遇到大雨！」人家說，衰到一個極致，就會不由得笑出來。歆歆拖著行李箱，沿途擔心雨水沿著縫隙，滲進行李箱中弄濕了繪本，又怕趕不上市集的時間。幸好，在黃昏時刻，終於放晴了，天空出現一道彩虹，在黃昏的靄雲上，形成一道美麗的拱橋。

主辦單位以大聲公大聲宣布——今晚，星空市集照常舉辦！

熟練的歆歆，不慌不忙的取出媽媽為她預先準備好的乾布，仔細擦拭書上的水珠。細心的歆歆媽媽老早預料到，可能會發生突發狀況，提前為女兒準備了解決的方法。

這是歆歆第一次意識到，原來，自己竟然是如此心愛著書本，深怕它們受到傷害，哪怕是一點點受損，都會讓她感到心疼。不只媽媽的愛幫上了忙，爸爸也親手揮毫，用毛筆為她寫布招牌，阿媽則是贊助了她一把檳榔葉扇，讓她可以一邊搧風一邊招呼客人。

「小妹妹，妳就是月眉書局的小店長歆歆對嗎？妳需要幫忙嗎？」正當歆歆忙著布置自己的攤位時，她聽見了悅耳的聲音，她不用抬頭就知道，這個人一定就是麥麥姊姊！早在網路上報名的時候，麥麥姊姊就相當歡迎她的參加，一點也不因為她是小學生而排斥。

聽到麥麥姊姊的詢問，歆歆趕緊點頭說：「我需要幫忙！」以她的力量，實在難以扛起傘架與燈架，還得組裝才行，這些都不是她一個人應付得來的事，呼，她實在把事情想得太簡單了！爸爸、媽媽的擔心是對的。

在眾人的幫忙之下，總算將爸爸做的代表月眉書局的掛布高高掛起在攤位上，桌子上鋪上她和媽媽一起到布店挑選的花布，除了繪本和文具以外，還有阿媽特地彩繪，自己親手用鐮刀做的檳榔葉扇子，很快的，歆歆的攤位就有模有樣，賣的東西應有盡有。

遠方吉他旋律隨著夏日晚風徐徐吹來，小朋友和狗狗在草地上跑步、玩耍，歆歆閉上眼睛，即使衣裳汗涔涔，淋濕的頭髮還沒完全乾，她仍滿心享受此時此刻的歡愉與寧靜。

「小妹妹妳來擺攤啊，妳的爸爸、媽媽呢？」正當歆歆沉浸在自己的世界中，一位路人漫不經心的翻閱擺在攤位上的書籍，隨口問道。

「我自己一個人來擺攤！」歆歆開始正襟危坐，這可是她第一次以月眉書局的名義出攤呢！但是……事情卻不如歆歆所預期般順利，因為大家總是和她說幾句話，稱讚她好勇敢就走了。

往往當客人走近，歆歆總不好意思開口，等到她心裡儲備足夠的勇氣，人家早就走遠了。看著其他攤位前人來人往，好不熱絡，自己只有一個人顧著攤位，這種感覺好孤獨，爸爸一個人在家裡顧店時，也是這種感覺嗎？

「小妹妹，可以請妳為我挑選書嗎？」在毫無預警之下，一位老爺爺忽然拉開椅子，在攤子前坐下，看樣子，他似乎相當有潛力成為本日的第一位客人喔！

「我想為我的孫子挑一本書，可是我不知道他喜歡哪一種ㄤ仔冊……」爺爺脫下了帽子，害臊的搔了搔頭。

「阿公您好，請問您的孫子幾歲？平常有什麼興趣呢？」正襟危坐的歆歆覺得，自己好像為病人把脈的中醫生哦！

「他啊，個頭和妳差不多，平時最喜歡打棒球。」說起最疼愛的孫子，阿公淘淘不絕，和剛剛害羞的他，簡直判若兩人。歆歆一邊聽一邊點頭，心裡也在物色哪一本書最適合這位讀者。

「好！就決定是這本了！」聽完歆歆的介紹，阿公從霹靂腰包裡，掏出一張對摺再對摺的百元鈔票，然後心滿意足的離開座位，歆歆攤開那張得來不易的鈔票，上頭出現像是紙星星般的美麗摺痕。

第十六章　處暑

「我的天啊，賺錢好不容易啊。」歆歆好想和爸爸、媽媽和阿媽分享這份喜悅，所以打了一通視訊電話回家。爸爸、媽媽還有阿媽，一接到歆歆的電話，一家人擠在鏡頭前，他們等了一整夜，就怕錯過了歆歆的來電。

「媽媽、爸爸還有阿媽，你們幫我準備的東西都有用上耶！你們看，我的攤位是不是很美？我可是月眉書局的分店店長喔！」歆歆的話逗得阿媽呵呵笑。

「歆歆，妳那裡客人多嗎？」阿媽開口問。「嗯，人潮斷斷續續，我猜可能大家正在吃晚餐，晚一點才會出來散步啦，阿媽妳別擔心，我無聊時就會看書，我跟您說哦，這些書我都看過，怎麼再看一次，卻像是一本從來沒讀過的書？真奇怪！」歆歆總有辦法惹得全家哈哈大笑。

掛掉電話，正當歆歆讀得入迷的時候，有位中文不太流利的客人上門了。

歆歆大膽猜測，她應該是一位新移民媽媽，歆歆有些害羞，不知道怎麼開口聊天才有禮貌。她看著這位媽媽專注的翻著書，意識到，言語不是問題，一顆分享的心，想讓對方讀到好故事，才是彼此共同的心意。

時間過了一小時，草地上，有主辦單位特別邀請的歌手演唱與巨大的泡泡，小朋友們追逐著巨大的泡泡，歆歆也好想離開座位玩耍喔！忽然之間，她想起媽媽的囑託：「如果累了，就讓客人自己挑書、付錢吧！」原來歆歆媽媽早就料想到歆歆自己顧攤會累，提前準備了一個可愛的小豬撲滿和小黑板，讓她放著，瞬間成為一間無人攤位！

就這樣，歆歆終於能暫時離開位子，到別人的攤位逛一逛，也試著勇敢推銷自己的攤位，邀請各家主人來自己的攤位看一看，同時介紹自家的書局，大家都對這位勇敢的小老闆印象深刻呢。市集結束了，一盞盞像月亮的圓燈，陸續熄滅，歆歆彎下腰撿紙屑，收拾攤位附近的整潔，吃力拖著行李箱，向哥哥、姊姊們鞠躬道謝，在月光的祝福上，踏上了回家的歸途。

出了月臺後，歆歆看到爸爸騎著摩托車等待自己，歆歆坐在後座累到差點呼呼大睡，渾身上下痠痛不已，但是心裡卻好滿足。

順利回到家後，大家讓累癱了的歆歆趕緊洗澡睡覺去，隔天一大早，歆歆立即召開家庭會議，向親愛的家人們報告昨日的戰績：昨天她一共賣了十本書還有一些二手文具，成績還不算太壞！

「雖然我覺得參加市集，靠我自己一個人的力量還是太吃力、太累了。可是，透過參加市集，能夠吸引原本不認識月眉書局的人，相當值得嘗試喔！可是有些客人說自己從來沒有聽過月眉書局耶，怎麼會呢？」原本，在歆歆的世界裡，幾乎每一個人都知道月眉書局，因為大家都住在同一個村子裡，經過這一次市集經驗，歆歆意識到，可以做的事情還有很多。

「這樣啊，也許，我們可以製作一份小小的刊物，放上自己寫的故事和插畫，讓更多人知道月眉書局是怎樣的一間書局，妳覺得如何？」

哇，媽媽這項提議真的好棒！讓歆歆立刻聯想到班上製作週報的過程，那是老師鼓勵他們嘗試的分組作業。

「但，只有我一個人，我做得到嗎？」歆歆感到很沒自信，因為在班上，她有同組的同學可以互相幫忙，班上有人擅長寫故事、有人會畫畫，她則負責拍照，只有自己一個人，恐怕什麼也做不到也做不好。

幸好，歆歆有最可靠的家人們，每當她陷入自我懷疑的時候，總有一股聲音從她的心裡傳出來，成為支持她最溫暖的力量。

第十七章　白露

「誰說妳是一個人？」爸爸和媽媽異口同聲的說，兩人互看對方一眼，有默契的笑出聲來。

「乖孫女，還有阿媽啊！妳聽阿媽的話，現在，擺攤賣東西東西就是要多、要特別，下次阿媽幫妳做別的東西，好不好？」擅長編織的阿媽，坐直了身子探出頭來，她想了想，天氣即將轉涼，檳榔葉扇的銷路可不能一年四季。

但她有一雙巧手，可以編織出新東西。為了做這個，她戴起老花眼鏡，開始用麻繩細細編了時下最流行的「藤編環保飲料袋」。為了孫女的擺攤事業、月眉書局分店，她也研究了一下現在年輕人喜歡什麼樣的新事物，研究後發現，不得了！大家都喜歡過去的東西呀！恰恰好，這些都是她擅長的手藝，能在這件事情幫上孫女的忙，讓她好歡喜。

那一天，開完家族會議後，每個人都有事做，開始忙了起來，首先，歆歆爸爸細心在檯燈底下，拿起原子筆將自己日日所見的書店風景，細細畫在白紙上。起先，歆歆並不明白爸爸的想法，直到她看見爸爸將剛畫好，墨水未乾的紙張覆蓋在橡皮擦上時，她才意會過來，爸爸要刻印章啦！

由於書店營業時間很長，閒暇的時光，歆歆爸爸開始培養過去從未有過的興趣——從最簡單的素描開始，到揮灑水彩畫，到將橡皮章刻藏書章，全家人總動員，為了就是要為月眉書局重新擦亮招牌。這枚印章，以後可以放在店裡，或讓歆歆擺書攤時帶出去，讓往來的民眾蓋章留念，成為月眉書局最特別的紀念品。

「阿媽，我覺得，光是賣扇子，好像有點單調耶？」歆歆將扇子放在眼前，來回仔細看，上次擺攤時，的確有很多阿公、阿媽，懷念的將檳榔葉扇拿起來端倪搧搧風，但大家都說，這個我也會做！

「啊！有啦，我們可以在上頭畫畫啊！畫一畫，這樣每把扇子就會長得不一樣啦。」歆歆阿媽的靈感，源自於自己愛畫畫的兒子。這個下午，歆歆和阿媽用水彩在檳榔葉扇上塗上顏料，連鼻子上沾到顏料也不管，祖孫倆一起拿起水彩筆畫畫，好快樂。

「阿媽，妳覺得，我們留幾把空白的扇子，讓客人自己作畫，是不是一個好主意？」歆歆想想，自己喜歡的事，別人也會喜歡吧？不過對這點，歆歆有點沒把握，因為有時候她推薦給同學看的書，大家不是真的那麼感興趣。

「試試看啊，沒試試看，怎麼會知道？就像我不知道，原來我直到

現在還是喜歡畫畫一樣啊。」阿媽手裡拿著水彩筆，爽朗的說

「媽媽，我覺得可以一家人一起做一件事的感覺，真好！」當歆歆和阿媽好不容易畫完扇子後，歆歆和媽媽耐心守在騎樓下耐心等待檳榔葉扇乾。

「那我們之後一起一家人做一件事，好嗎？」

「當然好！」聽到媽媽這麼說，歆歆興奮的快要跳起來，因為家裡開店，媽媽週末又要上班，她真的好想有時間和全家人在一起。

◐第十八章　秋分

「媽媽有個點子，下一次，我們在自家的店和院子辦市集，邀請大家來玩，妳覺得如何？」擅長在腦海裡勾勒畫面的歆歆媽媽，已經在心中畫出一幅美好畫面。她想，月眉書局可以敞開大門，將書店拓展到外頭的騎樓上，不只如此，還能一路延伸到家裡種滿花草樹木的後院，讓大家重新認識這家老店。

為了讓市集更加精采豐富，這個星期天，歆歆媽媽特別向圖書館請了一天假，就是希望全家人總動員，一家人的心聚在一起。歆歆爸爸從騎樓到店裡，通往後院的走廊上，綁上自己繪畫的色彩繽紛的旗幟，為空間增添了熱鬧的氣氛，牆上掛著爸爸的畫作還有阿媽畫的繽紛檳榔葉扇，就像開畫展一樣，媽媽還挑選了適合的音樂，頓時間輕快又熱鬧。

第一批上門是歆歆班上的同學來捧場，他們老早就在學校聽歆歆大肆宣傳。只是他們都是月眉書局的老客人，大家心裡或多或少都會想，月眉書局就是月眉書局，還能有什麼不一樣呢？

「哇……這也太酷了吧！」從騎樓走進後院，大家張大了嘴巴，對！就是這麼不一樣！

那一天，大家脫下鞋子打著赤腳，踩在書局後院的草地上，他們的腳底板已經好久沒有像這樣，濕濕又刺刺的感覺。

趁大家在玩時，阿媽拉出一張小板凳坐下，她一手拿著畫筆，一手專注拿起檳榔葉當畫布，畫完後，彷彿會搧出五顏六色的風，也讓客人知道這把扇子的獨特之處。

歆歆媽媽則是在騎樓搭起木檯子，那可是爸爸好幾個禮拜前，自己手工做的木工喔。歆歆媽媽在木檯子旁說故事，即使沒有小象飛飛在一旁作伴，媽媽仍是最佳的說書人，以好聽的聲音、發亮的眼睛，吸引了大家的所有目光。

隨著人潮越來越多，滿滿的人要將月眉書局這間小店擠得滿滿滿。在這重要的時刻，歆歆爸爸站在木箱子上用大聲公正式宣布，從今天起月眉書局要賣二手書啦！「歡迎大家將家中看不完、用不到的書，拿到我們店裡來賣，讓好書不寂寞！」聽到這句話，大家紛紛拍手叫好，無論月眉書局做出什麼決定，他們都想支持這位認識已久的老朋友。

這個主意，可是歆歆媽媽在圖書館整理舊書時所想到的哦！因為每一年，圖書館總會淘汰館裡的舊藏書，這些書被淘汰的原因，不是因為他們的內容不夠精采、不夠豐富。反而，正是因為它們太受人們喜愛和歡迎，被熱情的讀者們翻得太勤勞，所以圖書館才需要買新書來替換。

「這些舊書都會到哪裡去了呢？難道就這樣進入回收廠了嗎？」歆歆緊張的問，她知道，要丟掉書，媽媽比誰都還要心痛。

「我們希望至少讓書本還有被看見的機會，所以圖書館每年都會舉辦曬書節，號招鎮上的小朋友們來當小幫手，幫每本書本們消消毒、透透氣，也趁這個時候，幫助這些被淘汰的書籍們找到新的家。」

不只如此，今年歆歆媽媽靈機一動，如果讓這些書，自己去流浪呢？歆歆媽媽天馬行空的點子總是讓館長傷透腦筋，想到創新點子固然值得嘉許，但如何執行又是另外一回事，誰要來管理這些流浪書？圖書館可沒有這麼多人力啊。

流浪，顧名思義，暫時沒有一個可回去的家，必需借居在各個地方，想方設法的活下去。可惜的，書沒有腳丫子，也沒有花枝招展的花招，有的只是一行又一行的文字，有時候還沒有插圖或照片，很容易讓不熟悉他們的人「望書生卻」。

這也是讓歆歆媽媽頭疼的原因，一本沒辦法吸引人打開的書，連讓人認識的機會都沒有，就要被送進回收廠，實在太不公平。所以她邀請了店裡有廢冰箱的商家們，在小鎮上，設立了幾個漂書冰箱。

只要將舊書放在小鎮的舊冰箱裡，就能讓人們將圖書館淘汰的書帶回家，光看就冰冰涼涼，讓人好想開冰箱門，把它帶回家。也有人選擇將書帶回家收藏，就這樣，書本漂得越來越遠、越來越遠，遠到讓人忘了，它是打哪來的朋友，好像它原本就出現在自己家的書櫃上，但始終不變的是，裡頭的故事正精彩上演。

無論是誰，無論人在哪裡，都能在打開書、靜下心的時刻，獲得心靈上的寶物，音樂家醉心的拉奏小提琴，讀者沉浸在自己的世界裡，不一樣的魔力，發揮同樣的作用，這一場熱熱鬧鬧的書局裡的小市集，就在歆歆一家人同心協力之下順利落幕，大家也認識了這間從小陪伴他們長大的書局，真的和以前不太一樣了。

第十九章 寒露

自從月眉書局那天正式宣布開啟二手書事業之後，三不五時，就會有人載著滿箱子的舊書要讓歆歆爸爸估價，好心的歆歆爸爸，總是給客人比較優惠的收購價碼，還會跟客人說，如果覺得價錢太低，不想賣給月眉書局也沒關係，請他們另外找其他二手書店估價也沒問題。

或是有些書狀況太差，歆歆爸爸雖然不會買下，但他都會義務，開著車幫忙載到資源回收廠去，在歆歆眼裡看來，爸爸簡直人太好了啦！為什麼要多做這麼做白工，真是吃力不討好！

「因為這些找我們賣書的人，一定也是一位愛書人啊，他們已經花很多力氣，說服自己要捨得把書拿來賣，還花時間和車程把書運過來，就讓我們為他做他捨不得做的事，我們幫忙他們丟掉，這算小事一樁啦。」歆歆爸爸一手包辦估價、回收的苦差事。

拍照、上傳二手書到網路上這些事，自然而然就落到熟悉手機和電腦的歆歆頭上，在工程師爸爸的幫助下，歆歆在網路上開了一個網路賣場，裡頭專門賣店裡的二手書籍，還有阿媽自己做的彩繪檳榔葉扇子、藤編環保袋。

沒想到開張不到一個月，阿媽牌的產品銷售還不錯喔！很多客人留下五星好評呢！比如像是這則——

「握起來剛剛好的手感，讓人感覺到夏天的風。」又或者是：「充滿童趣的畫風，讓人不敢相信是八十歲阿媽的作品！Amazing！」像這樣，歆歆總會一字一句，仔細唸給阿媽聽，老人家聽了笑得合不攏嘴，直說這些年輕人真誇張，彷彿生下來沒見過檳榔葉扇。歆歆一轉身，阿媽手持鐮刀，多做了好幾件作品，一點也不嫌累。

「作品能夠被看見是種福氣啊。」阿媽嘴裡哼著歌，用單腳打著節拍，一手拿鐮刀，一手拿畫筆，老風扇在她身後轉啊轉。歆歆好久沒看見阿媽這麼快樂的模樣，甚至，她到現在才曉得，小時候的阿媽，原來是個愛畫畫的小女孩。

「我從小忙著照顧弟弟、妹妹，吃地瓜葉吃到看到地瓜就怕，長大後又忙著開書店持家，哪有時間做自己喜歡的事喔。」阿媽細數自己的青春年華，一手裡也沒閒著，在調色盤裡調出美麗的色彩，每調出一種沒見過的顏色，就像是開出一朵燦爛的花。

能將花送給別人是件歡喜的事，於是，漸漸的，阿媽成為一位歡喜的人。在丈夫過世十年之際，阿媽的心裡，終於逐漸開了花。尤其阿媽受到網友們的鼓舞，畫起畫來更加起勁，為了找尋更多靈感，不再像之前一樣把自己關在房間裡，而是每天汲著鞋子，到外頭散步去。

村子裡的大家看到歆歆阿媽打起精神，也為她老人家感到特別歡喜，所以阿媽沒走幾步路就會被人攔下來閒聊。大家都說，這都是因為月眉書局的新面貌，才讓阿媽恢復了過往開朗的好氣色呢。

「你家有舊書要賣嗎？」這是歆歆這陣子見到朋友說的第一句話，因為家裡多了二手書的業務，使得月眉書局增加大量的業務，每一本書上架之前，都需要酒精擦拭乾淨，清理書籍，不僅讓過敏的歆歆噴嚏連連，手指也因為噴太多酒精而發皺。

可是，只要能幫得上忙，歆歆什麼都願意做！為了吸引網友們的目光，歆歆可是絞盡腦汁喔，比方說，她會化身小小攝影師，一心想將書本拍得更加好看。

「唔……角度不對，再拍一張！吼呦，爸爸你擋到我的光了啦！」

歆歆沒好氣的推走爸爸的大屁股，讓正在搬貨的歆歆爸爸連連說抱歉。

好不容易拍好照片，這樣還不夠！歆歆知道，大家不會無緣無故愛上一本書，更何況，還是只有封面照的書呢？於是，她開始用心為每一本書，寫一篇小小的文章，就像園遊會那一天，她為每位同學寫的小小故事，故事篇幅雖然短，但總會吸引愛書人的目光。

不過……如果是給小朋友看的書，雖然難不倒她，遇到內容太艱深的書，歆歆也會請爸爸、媽媽翻過一遍，大致跟她說書裡頭講的是什麼事，讓她用小朋友的話語，重新介紹這本書的內容。

如果這招再不行，上次學校辦園遊會時，不是有同學現場開直播嗎？她也可以試試看啊！在爸爸、媽媽的幫助之下，歆歆在網路上設了一個自己的說書節目，只要放學回家、提早寫完作業的日子，她就會錄一段話，介紹自己喜歡的故事。

「怎麼都沒有人下單啊……」即使做了各式各樣的嘗試，歆歆還是會遇到連按了好幾下滑鼠重新整理頁面，網站還是沒有任何動靜，沒有任何人下單的日子，耐不住性子的她，在書局裡焦躁的走來走去，怎麼會沒有任何人看見？歆歆爸爸則是好整以暇的做例行公事。

「別急，要有耐心，妳要相信，好東西不寂寞，每本書會遇到一個適合他的人。」歆歆爸爸好整以暇，一派悠哉的態度，這時候讓歆歆看了有點火大。

「老闆、老闆！上個禮拜，我送過來的舊書還在嗎？」這時候，忽然有人急急忙忙、跌跌撞撞衝進店裡，嚇了兩人好大一跳，定眼一看是歆歆的同班同學小宇！

「妳看，生意不就來了嗎？」歆歆爸爸只說對的一半，來是來了，不過來的卻不是生意，而是有一點麻煩的麻煩。

○第二十章　霜降

「小宇同學你好啊，多虧有你，那些二手書，上週順利賣出去囉。」歆歆爸爸點頭致意，歆歆也跟著點頭。

歆歆還記得那天小宇賣的是哪些書，因為，每一本賣出的二手書，不僅是歆歆一筆一筆上架，順利賣出時，更是她一筆一畫寫下書名的呢！她當然記得是哪本書，那是一本老老破舊的古書，不是任誰都會有興趣翻閱，但緣分就是這麼奇妙，小宇帶來的舊書，很快就被人們買走了。

「不好啦，我爸爸說，阿公有張老照片夾在裡面，捨不得丟，要我找回來啦，怎麼辦？」小宇哭喪著臉，全身顫抖，害怕得不得了，甚至怕得不敢回家。

「吼呦，哪有人這樣子啦，我們又不是網路商店，售出還能七天換貨！」歆歆嘆了口氣沒好氣的說。

「我只是想賺點零用錢，爸爸也說這些舊書可以賣，我怎麼會知道裡面有那麼重要的東西呢？」小宇一邊說一邊懺抖著，他當初單純的想到歆歆家有在收二手書，就將不要的書帶來賣，卻沒料想到後續的故事。

「嘿，你別擔心，村子裡的人我都認識，雖然那個人從外地來，說不定我可以順利問出那位買書人的下落呢！」整句話還沒說完，爸爸便騎著腳踏車，留下歆歆一個人顧店。的確，月眉村小小的，想要找到那位買書人並不難，留下來的歆歆如此安慰著小宇。

「欸，那張照片，對你阿公真的很重要嗎？」看著哭哭啼啼的小宇，歆歆悄聲的問，她的心裡感到有些複雜，如果自己當初檢查書籍時，再多用心一點是不是就不會發生這種事呢？

「我也不知道……」他也很想知道，到底這張照片有什麼特別，可是問阿公他也說不清楚。心思敏銳的他有點擔心，照片如果找不回來，會不會造成老人家一輩子的遺憾？想到這，他的肚子又擔心到疼了起來。緊張的情緒，感染給敏感的歆歆，兩人著急的坐在書店外的長椅上，等待歆歆爸爸的好消息。

「同學你別擔心，我找到啦！對方也很阿莎力，二話不說把書還給我們。」歆歆爸爸將書遞過來，裡頭，果真飄下一張泛黃的老照片，原來那是一張阿公和昔日好友的合照。

「他是我的老同學，只是拍完這張照片沒多久，我們兩個就吵架分道揚鑣，我留在這座村子，他到外地打拼，久而久之也就散了。」看得出來，小宇阿公眼中有些不捨，但又不知道茫茫人海中，怎麼找到這位老朋友。這項超級尋人啟事，線索是那麼得少，又該怎麼樣，才能找到小宇阿公的好朋友呢？

歆歆腦筋動得飛快，她不是就曾經讓住在外縣市舅公，一眼就認出她寫的就是阿媽的故事嗎？她先徵求小宇阿公的同意，將照片掃描成電子檔上傳到網路上，再拿起鉛筆跟著小宇，一起訪問小宇阿公時年輕時的故事，也訪問幾位當時的左右鄰居，大家的回憶拼拼湊湊，總算將阿公和好友的故事寫成了一篇文章，發布在網路上，獲得了網友的熱烈迴響。只可惜，這篇文章來的太晚，小宇阿公的好朋友在幾年前的寒流離開這個世界上，眾人聽到這個消息都有點惋惜。只有小宇阿公輕輕嘆了一口氣，懷念的抬頭遠眺天空，好似那裡有人在向他打招呼。

第二十一章　立冬

經過這起事件之後，全村的人都知道歆歆在寫作！過去舅公總是不吝鼓勵歆歆繼續寫作，現在的他們，可說是一對忘年之交的好朋友呢。現在不只舅公，就連小宇阿公都會三不五時光顧書局，和大家聊聊昔日的往事。

畢竟歆歆的阿公也是他的好朋友，說故事給好朋友的孫子聽，好答謝她願意出手幫忙。

「妳做的事，讓我想起妳阿公也是這樣，甚至為了教導大家學習，在日治時期，不僅從中國買書回來自學，教導人們如何寫漢字、學漢文，自己也挽起袖子，和朋友一起著手編寫漢文教材，教導大家學習識字。」小宇阿公將往事娓娓道來，旁邊還有阿媽幫忙補充，讓歆歆對無緣的阿公印象越來越清晰。

「哇！爸爸你怎麼沒告訴我，阿公以前是個老師兼大作家啊！」聽到這，歆歆爸爸靦腆的笑了笑。他還記得，等他上小學時，店從廟口的書報攤，改到現在的位置，當時候，熱熱鬧鬧舉辦了開幕儀式。那時候，深情的父親還說，這間書局能開的成，都是靠眾人的成全。

每當有新書上架，總是能在小村莊裡引起一陣躁動，門口總是擠滿了人，還有人特地從外縣市搭車前來，每個人勤學、好學的態度，讓小小年紀的他，大開眼界。

這些往事，因為女兒和母親的談話而鮮明起來。他也是在父親過世後，一邊整理老照片，重新認識自己的父親。

歆歆爸爸也說不上來，為什麼自己沒有特別向女兒說起自己父親的往事，可能相較之下，他不像父親那般飽讀詩書，也不像妻子那般的熱愛文字，跟書比起來，他和母親一樣，雖然個性木訥，但更喜歡和人接觸。

月眉書局的規模雖然不大，但能夠為長輩讀信、寫字，想捎封信寄給遠方的子女，總會來央託寫地址，他總會偷偷的在角落寫下「有空記得多回家看看爸媽！」的貼心話語，希望遠方的孩子，能懂得家鄉爸媽的心情。

選擇搬回來村子居住的他，心中不免有這樣的使命感，成為了村裡的守護者，對長輩們有責任和義務，想要看照這個家園的平安。這個任務沒有想像中困難，因為月眉書局位在村裡的心臟位置，能夠將往來過路人都能看得一清二楚。

誰沒有出門，或是誰去了一趟遠方，他都曉得。無論那個遠方是有實質的地點，或是天上的家他都知道。

像是春華阿媽每天上街買菜，一天就買一天的量，即使一個人吃飯也不含糊。巷口的王伯伯每隔兩個月上臺北一趟，探望孩子是他願意看醫生的動力，不然舟車勞頓加被醫生苦口婆心的唸，這件苦差事他不幹……這些日常，沒有人囑咐他，但細心的他都牢牢記在心上。

如今的歆歆爸爸，依舊選擇以自己的方式，靜靜的守護著村子，正如他安靜的聆聽長輩分享自己父親的往事，如此令人懷念。

◑第二十二章　小雪

小宇阿公的超級尋人告一段落之後，歆歆媽媽緊接著要執行她的任務。小象飛飛初聲試啼就吸引了孩子們的焦點，小象飛飛的任務不只有校園，根據那位神祕人士的要求，小象飛飛還要飛到鄉鎮，沒有圖書館的角落去。

「要不要我跟妳去？」歆歆爸爸擔心妻子的安全，卻好幾次遭到了妻子堅決拒絕。

「我也要！我也要去！」歆歆也想要跟著媽媽，但即使是自己的女兒，也被歆歆媽媽打了回票。

「謝謝你們，但這是工作，不能當作遊戲，放心，如果有任何狀況，我會立刻打電話回家。」就這樣，歆歆媽媽開著載滿書的書車，駛進了一座座陌生的小村。村子裡靜悄悄，好安靜，只見貓咪弓起背在路上伸懶腰，老人家坐在自家庭院泡茶，唯獨不見孩子們的身影。

「咦？怎麼都沒有人，沒關係！我不能這樣就放棄。」媽媽打開車上的大聲公，從車頂傳來好聽的旋律。她開著車，在村子裡來來回回好多遍，終於，有一些孩子，手裡抱著籃球三三兩兩的出現在廟埕上。

歆歆媽媽站在離書車不遠的地方，表情有些尷尬。村子裡的孩子起先有些怕生，但看著眼前的阿姨，自顧自的將吵得要命的車停在廟埕，一個人手忙腳亂的從車上搬下一輛輛沉重的書車，大家才好奇的紛紛圍上前。

「阿姨，妳來這裡幹嘛？」小女孩嘴裡吃著棒棒糖，不太能夠理解眼前所發生的事情。

「我們圖書館希望讓更多人讀到書，所以我開車到這裡來。」歆歆媽媽額上斗大的汗水滴下，臉上仍掛著溫婉的笑容解釋。

「阿姨，我們村子裡就有圖書館啊，妳要不要去別的地方啊？」歆歆媽媽知道，這個村莊有民眾志願設的圖書館，已經培養一群養成閱讀習慣的讀者，但她心想，如果有機會讓大家多認識書，更是美事一樁。

孩子們對這位遠道而來的阿姨為他們所做的一切表示感謝，大夥兒也乖乖的排隊、申辦一張小鎮圖書證，借走了自己喜歡的書，並和歆歆媽媽相約下次再見。

「阿姨，可是那些沒有圖書館的小朋友，他們想看書的話，怎麼辦？阿姨妳是不是應該開到那裡？」孩子們的這番話，讓歆歆媽媽在回程的路上，雙手握緊了方向盤。

是啊，無論再怎麼做，總是有書車到不了的地方，一想到那些住在深山裡的孩子，她的心微微疼了起來，她好想把書送到每一戶人家去，可是一個人的力量有限，和館長說的一樣，她不能什麼都想要做。沒多久時間，歆歆媽媽心裡又有了新的點子。

她想，車子到不了的地方就請郵差先生幫幫忙吧！就這樣，小鎮圖書館開啟了一項新業務，提供給遠住村子裡沒有圖書館的小朋友借書。只要申辦借書證，和館員說明自己想看的書籍種類，歆歆媽媽就會為這位用心的讀者挑書。

每個月一來一往的書箱，成為了她與許多小朋友之間的默契。在沉甸甸紙箱子裝滿了歆歆媽媽精挑細選的書，小讀者只要把借書證，和要還的書寄回來，就能再借一箱新的書，這樣一來，就不用擔心書到不了小朋友的手上，而且歆歆媽媽挑的書往往是適合全家人一起看的書哦！

有時候，歆歆媽媽還會在空隙放些小餅乾與貼紙，希望能給小孩子們帶來一些安慰，小朋友們還書時，也會回送自己畫的卡片和幾顆糖果，歆歆媽媽成為了他們口中的那位「住很遠的圖書館阿姨」。

「媽媽，妳都怎麼幫他們選書啊？」歆歆很好奇，沒有見過面的人，怎麼知道對方會喜歡什麼書？聽到女兒的問題，歆歆媽媽的嘴角牽起笑容。

「我會在信裡面問他最近發生什麼事，他每一次和我分享的小故事，都會成為我對他的了解。」歆歆媽媽打開了抽屜，讓歆歆看看快滿出來的抽屜，裡頭都是大家的心意。

「那和我一樣耶！」歆歆說起自己在擺攤時，如何為人選書，也是先聽對方說的話，再選擇，聽到這，歆歆媽媽笑了笑，真不愧是她的女兒。

「可是啊，有一次，寄回來的書箱，裡頭除了還回來的書以外，一句話都沒有，我還擔心，是不是我選的書他都看過，或是沒興趣，真令人擔心，直到我把書本一本本歸檔，才發現箱子的底部，有好多壓扁的紙星星，才知道這個小朋友是將信藏在這些紙星星裡，倒下來時，像極了一場彩虹星星雨。」歆歆聽了覺得好浪漫哦！而且不只有這樣，這個故事還有後續呢。

色紙上是這麼寫的：「圖書館阿姨，今天美術課老師教我們用色紙摺紙星星，希望妳喜歡這次的信，下一次，就換我們搭車去圖書館找妳！」看到，鬆了一口氣，不是沒有事想分享，只是換了個方式，讓對方知道自己也很在乎這些事情。

「所以我就決定，下一次，就放和天文還有星星有關的書吧！」歆歆媽媽將紙星星串起來，期待這些孩子們一踏入圖書館，就能看見他們摺的星星，在圖書館璀璨發光。

聽著媽媽訴說這些故事，歆歆察覺到小時候，那種「媽媽是大家的媽媽」的感覺又回來了，但是現在的她和小時候不同，歆歆知道媽媽真心做著自己喜歡的事，她也想全心全意支持媽媽。

第二十三章　大雪

自從寫下阿媽和小宇阿公的故事之後，獲得舅公和網友的熱烈迴響後，這一次，歆歆想要嘗試，寫下「屬於自己的故事」。

想來想去，歆歆寫了一個小時候，媽媽常跟她說的床前故事，那天放學回家，她坐在桌前，邊聽著以前喜歡的歌，彷彿回到了小時候甜蜜的睡前時光。

將信封投到信箱後，歆歆不期也不待。就這樣，日子一天一天過去，就連歆歆也忘了這件事情，直到家裡再次來了一通陌生的電話。

「請問是歆歆小朋友嗎？」

「對，我就是。」歆歆緊張的回答，她多少有猜到，這通電話是為何而來。

「我是報紙的編輯，不好意思，我請問一下，這個故事，是妳自己想的嗎？」電話另一端的編輯很小心的用字，怕一個不小心就傷了小朋友的心。

「我……我只是把小時候聽來的故事寫出來，這樣不可以嗎？」歆歆膽怯的說，雖然這個故事是聽來的，但她花很多時間改編，用自己的話再說一次，這樣子可以嗎？

這可讓編輯傷腦筋，坦白說，她覺得這個故事真的很棒！很精采！能看到一個國小生寫出這個故事讓她很吃驚，

但……她又有點懷疑，這真的是一個國小學生自己想出來的故事嗎？如果不是怎麼辦？既想刊登又怕是抄襲，讓她萬分左右為難，所以

才打了這通電話。聽到小女孩在電話另一頭支支吾吾的聲音，讓她聽了也相當難受。

「妹妹，這篇故事真的寫得很好，可是我們需要的是原創故事，能不能請妳之後繼續保持寫作的興趣，再將好故事寄給我們呢？」編輯姊姊提醒歆歆，原創和改編之間的不同，也和她提到，最近有一本新書和這個故事很像，建議歆歆找出來讀，說不定會發現其中有趣的地方。

這點讓歆歆覺得好奇怪，如果新書最近才出版，媽媽又是怎麼知道這個故事的呢？難不成媽媽是個大預言家，還能夠未卜先知？

知道女兒遇到了這樣的問題，歆歆媽媽從書櫃的深處，挖出一套老舊的繪本，那是她從小最喜歡，最珍惜的一套書。

「臺灣在早期，還沒有智慧財產權，可是大家又很想閱讀好的故事，所以大家只好自己翻譯、自己印書、自己賣。」講起過去的故事，歆歆媽媽臉上露出懷念的神情。

「媽媽，妳說的，是不是就像我以前會去柑仔店玩抽籤，得到的漫畫書禮物一樣？」有時候，歆歆會從柑仔店老闆的手上，拿到漫畫當作獎品，印在粗糙的紙張上，價錢賣的特別便宜，可是缺點就是印得太模糊，還看不到連續的劇情，歆歆想，這兩件事，是不是講的是同一件事。

「有點像，又有點不一樣，過去出版社是為了想推廣閱讀，所以才會自己印製很多國外好故事給小朋友們，這些年，因為翻譯的緣故，這些好書再次受到大家的注目，媽媽認為那是那個年代特有的文化。妳說的漫畫書狀況，比較像是為了利益而盜印。」歆歆媽媽想了想後回答。

「現在還有盜版漫畫？」歆歆爸爸聽到關鍵字，轉過身來參與這場對話，難得板起臉生起氣來，他不是氣女兒看漫畫，他自己也有鍾愛的籃球漫畫。只是那些是盜印來的漫畫，辛辛苦苦把別人創作出來的好故事，用粗糙的紙印出來，還沒有給作者錢，這麼做是不對的事情。

「可是很便宜啊……」對零用錢不多的歆歆來說，這有什麼關係？內容不是都一樣有趣嗎？

「對漫畫家和出版社，這樣做，侵犯到他們的權益。妳也不想花了自己的零用錢，卻沒有半點花在辛苦的漫畫家身上。」

「原來如此！」歆歆恍然大悟，就像書局要有人買文具、買書才有收入，漫畫家們也要有收入才能夠餵飽自己，如果大家都看盜印的漫畫，買盜版的娃娃，那誰來支持辛苦的創作者呢？

那天晚上，歆歆翻來覆去睡不著覺，她左思右想，好不容易，最後做了一個勇敢的決定。她想請柑仔店的老闆，以後不要再提供那些盜版漫畫和娃娃給大家當小禮物了！大家在不知不覺中做錯事，這真的不是一件好事。

一開始，柑仔店老闆還以為歆歆是來找碴的呢！畢竟歆歆一進門，就像是豁出去般朝著他大喊：「老闆我有話要說！」

靜靜聽完小客戶的心聲後，柑仔店老闆陷入一陣沉思。他是一位生意人，只要能讓孩子上門光顧，什麼貨他都會進進看、賣賣看，除了添滿色素的糖果、餅乾，小小的店裡還有賣枝仔冰和彈珠汽水，牆上還掛著抽籤的玩具。

這家店和歆歆家一樣，都是上一代傳承下來的店面，以前的人賣什麼，他就賣什麼，嚴格說起來，歆歆家的書局還是他的最大勁敵呢！因為小朋友也會到文具店買玩具，為什麼他要聽敵人的話？

「我提供那些禮物是希望小客人上門，不然妳幫我想想看，要怎麼做大家才回來光顧？」想要化敵人為朋友，最好的方法就是用心聆聽對方怎麼說。柑仔店老闆知道自己做的事的確不對，但有什麼樣的方法可以改善生意呢？

他興致勃勃的看著眼前的孩子，歆歆的鬼點子可是大家有目共睹，自從月眉書局有了她的好點子後，每隔一陣子，就會看見書局變了一個樣，就像孫悟空七十二變，越變越美麗。

原本出門是抱持著豁出去的心情，回來卻受人請託，那是誰也說不上來的奇妙感受，但歆歆可以感受得到柑仔店老闆的真心，他也不想要做不對的事，但他也不知道該做出什麼樣的改變。

「妳要和媽媽出去走走嗎？」看見女兒陷入苦思當中，歆歆媽媽主動提出了這個邀請。正好，村子裡正在大拜拜，每個巷口都有布袋戲正在演出。歆歆和媽媽站在臺下認真看布袋戲，看得出神的她們，甚至沒發現操偶師傅踮腳尖探出頭來，瞧一瞧到底是誰在看呢！

有趣的是，鄉下的布袋戲，晚上搖身一變變成露天電影，播放懷舊的老電影或是剛下檔的院線片。有時候，電線桿下會有三三兩兩的村民，或站或坐的當作飯後消遣，也有時候一個人也沒有。

「有了！如果能將村子裡的廟會，變成孩子們的慶典一定很有趣！柑仔店的老闆也可以在那一天大賣特賣，賣我們會喜歡的糖果零食！」沒想到，這個大膽的點子，歆歆爸爸居然是第一個贊成。

「黑白老電影雖然有趣，但連我們村子裡的小孩子也看不下去，那不是很可惜嗎？我也很期待廟會這個大日子，可是心裡又愛又恨，愛的是，忙完之後就有滿山滿谷的糖果餅乾可以大快朵頤，可是，大家得在大太陽底下，還得忍受一整個下午的日曬、火烤和鞭炮聲。真的令人太受不了了。」爸爸知道，歆歆一直對小時候，曾被鞭炮炸傷腳後跟耿耿於懷，只是要將廟會變成專屬孩子的祭典，這可不是一件簡單的事。

「這個點子必須得到村長同意才可以，爸爸和妳一起去找村長討論看看。」歆歆爸爸聽完歆歆的點子，第一時間當然很高興，自己的孩子居然可以想到這個方法，凝聚全村子的力量，一起改變某些事。

在歆歆爸爸統整歆歆與班上同學的意見，以及在他的奔波之下，今年的廟會，看似和往常一樣，其中卻有點差異性，最明顯的改變，就是廟宇採納了歆歆的點子，將鞭炮改放環保鞭炮，如此一來，孩子們再也不用害怕被鞭炮炸到啦！

入夜之後，大家最期待的重頭戲，終於在夜幕中登場，當天播放的動畫片，那是由月眉國小的孩子們，一起票選出來的第一名，爸爸成功說服村長爭取動畫的公播版權，讓大家可以在村子裡看正版的電影，家家戶戶自備小板凳和扇子，不只孩子看得入迷，大人們也享受其中。

不只如此哦！就連表演的演出，也是上演和過去截然不同的戲碼，今年特別廟宇特別請來了皮影戲劇團，在廟裡面上演，看到孩子們爭先恐後的搶位子，大家都說，好久沒看到村裡的孩子這麼有活力！

對孩子們來說，廟會的重頭戲還有一個，那就是夜晚登場的夜市啦！村長特別鼓勵村裡的店家、農友們出門出來擺攤，讓大家有機會透過認識自家的好產品。

歆歆為柑仔店老闆所設想的就是這樣的活動，她先挑選店裡的店內人氣商品，推出普渡當日的限量福袋組合，小朋友只要看完電影、皮影戲，就能用優惠價把福袋帶回家。那天晚上，柑仔店老闆整晚笑都笑不停，已經好久、好久沒有這樣好的生意囉！

結束村子裡的盛事，全身痠痛的歆歆還捨不得閉上眼睛，她細細回想這一天發生的一切，最一開始的起心動念，只是一顆小小，拇指和食指要靠的非常近，仔細捏才捏得緊的小種子，到後來成功發芽茁壯。如果沒有爸爸、媽媽的信賴，她一個人也完成不了這麼多事情。

自從專屬孩子們的廟會夜市結束之後，村子裡的感情越來越融洽，每個人都期待著下一次村子裡的祭典，好拉近彼此的距離。

第二十四章　冬至

那天，和女兒談話後，也讓歆歆爸爸陷入久違的沉思。柑仔店的盜版漫畫行之有年，在過去，他從來沒有細想，在月眉書局這方寸之間。他自己作為書店主人該引進漫畫嗎？他知道，有好幾個小學生來書局總是找漫畫的周邊商品，書局販賣的品項少歸少，但每個人都珍惜的拿在手上，如果自己在店裡賣漫畫呢？會不會造成家長的觀感不佳？歆歆爸爸靜下心仔細思考其中的利與弊，他猛然想起，自己小時候，不也曾被連環畫所吸引？人會被好故事吸引是一件很正常的事，更重要的是要懂得其中的分寸，他要學習信任孩子們的選擇。

想了許久，歆歆爸爸最後撥了通電話向書商下訂單，迎來月眉書局的第一排漫畫上架。

書到的那一天，一排嶄新封膜的漫畫擺在書架上好氣派，還有最新一期的漫畫月刊。

「哇！」一群孩子仰著頭，看著閃閃發亮的書架，嘴裡不禁發出讚嘆聲。大家都想要看最新一期的月刊，零用錢有限，但欲望無窮，為了省錢大作戰，大夥兒餓肚子，開始喝水猛灌肚子，讓肚子撐起渾圓飽滿的弧度，或是中午營養午餐多吃幾口，一到下午就昏昏欲睡。

這樣細微的改變，歆歆知道、老師知道、家長知道，大家都知道，但每個人都安靜的觀察，看看孩子們的反應。

「爸爸，今天又少了一本書……」歆歆以手指點書後，沮喪得說不出話來。

在過去，書局不是沒有發生過竊案，歆歆爸爸每天盤點的時候，總會發現店裡少了幾塊橡皮擦或是小卡片，但是最近發生的次數卻明顯頻繁起來，歆歆覺得是不是自己害的，給爸爸進漫畫的點子，但歆歆爸爸只是擺了擺手說沒關係。

每天光顧月眉書局的顧客並不多，很快的，就能鎖定可疑的嫌疑犯是誰，不出意料之外，就是時常上門的幾位學生。但歆歆爸爸，只是默默在書與書之間，夾了許多張小字條，提醒著，上頭的字是連歆歆也不知道的祕密。

在小紙條被取走的幾天過後，歆歆爸爸打開鐵門時，看見書局外有一疊保存良好的漫畫書，完好無缺的放在紙袋內歸還給書店，這些書，當然不可能當作新書販售，於是，歆歆爸爸最後決定以極新的二手書況上架，讓有緣人將這些書帶回去。

小朋友們看到後，都覺得好不可思議，他們終於有機會用比較便宜的價錢買自己喜歡的漫畫了，於是紛紛被催眠般打開零錢包，掏出銅板，買下人生第一本書。這件事，悄悄在月眉書局落幕，偶爾會看見這位小客人光顧。這天，他用圖書禮券用心挑選了一本書，壓低著帽沿走來，最後用禮券結帳時，輕聲對歆歆爸爸說了一聲謝謝。

歆歆爸爸在收下自家禮券的那一刻，他知道，這位小客人放在自己掌心的重量，遠比實際來的珍貴。

「恭喜你，加油喔！期待你下次再用禮券買自己喜歡的東西。」說完後，歆歆爸爸看見小客人臉上露出燦爛的笑容，眼珠子還藏著小小的淚水，這些日子以來的自責，已經對書局主人的尊重與感謝，就在這一來一往的對話中釋懷了。

偶爾，歆歆爸爸也會遇到家長始終不願意讓孩子買武俠小說，身為書局主人他總默許讓孩子靜靜看書，每天都來書局看上幾頁。

也有個孩子有段時間天天來，他不買書，只是來店裡走走看看，和老闆或和歆歆打聲招呼。歆歆爸爸知道，這個小孩只是希望，小村裡，下課之後有個接納自己空間，當這個男孩不來時，歆歆爸爸心裡總惦記著他的狀況。

這讓他心想：老一輩的長輩，不是也會每天下棋、泡茶聊天，凝聚彼此的好感情嗎？如果書局裡時常舉辦一下免費的活動，是不是就能讓更多孩子下課後有地方去？

於是，書局裡的第一堂象棋課和畫畫課，就是在這樣的想法下開始招生。

起先，學生的招募並不順利，因為大家認為象棋不是適合孩子們玩的遊戲，既不新潮也不有趣。為了順利推廣，歆歆爸爸可是邀請了村子裡的長輩，共同研發出教學手冊，以及安排刺激的組隊方式，希望讓家長和孩子們再多看一眼。畫畫班則是由歆歆阿媽親自出馬，由歆歆擔任助教，教大家一起在檳榔葉扇上大膽做畫。

對自己的家鄉事感到好奇，歆歆媽媽也在館長的允許之下，特別寫文章報導這一期象棋班和畫畫班的獨到之處，每一位象棋老師都是村子裡德高望重的長輩，每一個人都有自己的生命故事，他們的故事需要被聆聽、被記得；孩子們則是需要有地方去，有空間可以容納自己。

就這樣，月眉書局開了一堂又一堂免費的公開課，歆歆阿媽甚至突發奇想，開了一堂用野花來插花的花藝課，美其名為課程，更像是村子裡的交流會——在這裡，老人與小孩重新找到對話的機會，不像過去，走在路上，彼此都不認得彼此是誰。

小象飛飛偶爾也會飛進村子裡，和村子裡的小朋友和老人家相見。

每當歆歆媽媽駛車進入小村時，總會想像當年決定和丈夫在此定居的決心，以及自己始終不變的書車夢，為這一切的變化感到不可思議。

而歆歆呢，現在的她，除了是店裡的小幫手、阿媽的助教，以及媽媽的小書僮外，她也不斷在寫著用自己的眼睛所看到的故事。這間書局用「存在」教會她，只要用心，就能看見每天平凡生活裡，最不凡的一頁。她能做的是，就是提起筆，一一寫下來，畢竟舅公還在等她的文章呢！

新的一年即將到來，歆歆爸爸也在為明年開始做準備，用心準備紅紙與墨水。除此之外，這裡的孩子都知道，店裡不僅賣手寫春聯，也兼賣制服。

歆歆當然也是穿著從自己家賣出去的制服上學去。每當歆歆爸爸為孩子丈量時，看著他們張開雙臂度量尺寸，就像雛鳥練習第一次飛翔，直視前方、做好準備。成長是條稱不上輕鬆的路，歆歆爸爸衷心希望，做為一家書局，他能夠陪伴這群孩子走遠一點，再走遠一點。

就像那時候，他決定返鄉回來的動力一樣，初心始終不變。這份心意，就像父親、母親當初的決定一樣單純，因為被人需要，所以一家店因此誕生。

月亮有陰時圓缺，今天，月眉書局依舊在鎮上開門、關門、開燈、關燈，就和所有的店家一樣，每天打開門、亮著燈做生意，只為提供一個溫暖的所在，安靜等待著每一位上門的客人。今天的你，心裡是否也有一間小店，正等待著你去光顧呢？

釀小說136　PG3025

故事就要開始了

作　　者　洪佳如
責任編輯　孟人玉
圖文排版　楊家齊
封面插畫　黃莘雅
封面設計　王嵩賀
內頁圖示　Freepik.com

出版策劃　釀出版
製作發行　秀威資訊科技股份有限公司
114 台北市內湖區瑞光路76巷65號1樓
電話：+886-2-2796-3638　傳真：+886-2-2796-1377
服務信箱：service@showwe.com.tw
http://www.showwe.com.tw
郵政劃撥　19563868　戶名：秀威資訊科技股份有限公司
展售門市　國家書店【松江門市】
104 台北市中山區松江路209號1樓
電話：+886-2-2518-0207　傳真：+886-2-2518-0778
網路訂購　秀威網路書店：https://store.showwe.tw
國家網路書店：https://www.govbooks.com.tw
法律顧問　毛國樑　律師
總 經 銷　聯合發行股份有限公司
231新北市新店區寶橋路235巷6弄6號4F
電話：+886-2-2917-8022　傳真：+886-2-2915-6275

出版日期　2024年3月　BOD一版
定　　價　280元

Printed in Taiwan

讀者回函卡

國家圖書館出版品預行編目

故事就要開始了/洪佳如著. -- 一版. -- 臺北
市 : 釀出版, 2024.03
面 ; 公分. -- (釀小說 ; 136)
BOD版
ISBN 978-986-445-927-8(平裝)

863.59 113001790